Musik att minnas 

Vet du inte vem Evert Taube är???

av

Anders Berglund

Med stor kärlek och respekt till:

* Linnéa, Astrid, Svea, Elsa, Siri, Ruth och Axel.

*Agneta, Mona, Anneli, Marianne, Lisa, Siv -
och alla andra som knogar på i äldreomsorgen
(även alla praktikanter)

Förord

Jag har haft turen och den stora glädjen att i många år få sitta tillsammans med trevliga människor på många olika demensavdelningar och dagverksamheter. Här har jag fått sjunga sånger tillsammans med gamla män och kvinnor (mest kvinnor). De har kunnat mängder av Rolf-refränger, psalmverser, skillingtryck, skolsånger och en hel del sånger av Evert Taube, Dan Andersson och mycket, mycket annat alldeles utantill. Det lustiga är att de själva inte visste om att de kunde så många sånger. De bara fanns där!

Vet du inte vem Evert Taube är??? är en djupt känd hyllning till de människor som föddes i Sverige under 1900-talets första decennier. Det är min övertygelse att den här generationen tillsammans byggde ett samhälle som kom att bli ett av de mest jämlika och solidariska som någonsin funnits i världshistorien.

Jag vill också ge en alldeles speciell eloge till alla eldsjälar som arbetar i äldreomsorgen och generöst sprider värme och glädje omkring sig bland "sina" äldre.

Så - tack till alla gamla vänner och all underbar personal för varma välkomnanden, glada sångstunder och all vänlighet som kommit mig till del under åren. Jag har verkligen haft fantastiskt roligt!

Anders Berglund

Mariefred i oktober 2016

Innehåll

1

Välkommen till Solglimtens äldreboende

Alla som bor och arbetar på Solglimtens äldreboende skulle säkert bli mycket förvånade om vi berättade för dem att de inte finns, utom möjligen Ruth. Axel skulle förstås bli jättearg. Agneta skulle genast börja bekymra sig för sin ekonomi. Linnéa, Svea, Elsa och Siri skulle ta det hela med jämnmod, om de överhuvudtaget brydde sig.

Eftersom Solglimtens äldreboende är en tegelbyggnad som ligger på en liten höjd med låga tallar kan man lätt förledas att tro att det faktiskt finns i verkligheten. Den asfalterade lilla vägen som leder dit gör också ett mycket verkligt intryck. Den gör en mjuk högersväng in till parkeringen och husets entré. En stentrappa med fem steg och en ramp för rullstolar och rullatorer leder fram till huvudentrén. Den som öppnar ytterdörren till boendet kommer att finna den ganska tung. Dörren har en glasruta genom vilken man kan se in i en välkomnande farstu med en röd, stoppad soffa att slå sig ned i.

Om vi väljer att gå förbi soffan kommer vi till ytterligare en dörr. Den är vitmålad. Också den har en glasruta. Genom den ser man en korridor med dörrar på båda sidor. Längst bort öppnar sig korridoren och utvidgas till ett samlingsrum till vänster och ett stort kök till höger. Här inne hittar vi avdelningen Vitsippan. Det är hit vi ska, närmare bestämt till köket.

Runt det stora bordet i köket samlas vi en gång i veckan för en sångstund. Oftast dricker vi kaffe också. Vi som sitter runt bordet är jag själv och:

Agneta – ansvarar för alla våra sångstunder, tipspromenader, artistbokning, julbord, vårluncher, utflykter m.m.

Axel – äldre gentleman som inte alltid är så lätt att vara till lags.

Linnéa – älsklig, sångglad kvinna med ett glatt och öppet sinne.

Ruth – ständigt trött men med en gedigen musikbakgrund, en kritiker och sanningssägare

Astrid – tidvis något missnöjd och alltid redo för en något opassande kommentar med glimten i ögat

Svea – glad och positiv kvinna med ett förflutet som reseledare.

Elsa – djupt religiös men sjunger ändå glatt med i (nästan) alla sånger.

Siri – visorakel, som kan allt utom de sånger som hon tycker är fula. (Men hon kan säkert dem med!)

Här finns förstås också en snäll enhetschef som låter oss sitta runt vårt bord och sjunga tillsammans vecka efter vecka. Jag menar, det kan väl knappast löna sig egentligen det här att sjunga Kostervalsen, Hälsa dem därhemma och Fia Jansson med tanter och farbröder?

På vilket sätt skulle det kunna vara lönsamt?

Kanske genom att få alla runt bordet att må bra en liten stund? Kanske för att de här rara människorna får göra något tillsammans som de faktiskt fortfarande kan – till och med bättre än personalen? Hur mäter vi det med ett ekonomiskt mått?

Det finns många andra som arbetar här. Stämningen är god och alla andra på Solglimten är också mycket trevliga, men ingen av dem är som Agneta...

2

Avdelningen Vitsippan

Jag är på väg till äldreboendet Solglimten. Tanken är att jag ska ha en sångstund med en grupp på Vitsippan. Det är sex damer och en herre på en relativt nystartad avdelning. Gitarren och sångpärmen vilar tryggt tillsammans i baksätet på bilen.

Då ska vi se... Till höger efter Statoil–macken, ett rött tegelhus på en höjd med tallar... Där har vi det! Jag parkerar bilen och plockar ut gitarren från baksätet. Gå till vänster... Vit dörr... Avdelningen Vitsippan. Bra, allt stämmer. Jag ringer på och dörren öppnas av en kvinna i 35–40 årsåldern.
– Välkommen! Vad roligt att du kunde komma! Vi behöver verkligen sång och musik här!

Vi ska tydligen sitta i köket, bordet är ställt på tvären så att vi ska kunna få plats runt det. Det är ljust och trevligt. Man har blandat nya och gamla möbler, det är tavlor av Carl Larsson på ena väggen och diskmaskinen är avstängd.
– Jag heter Agneta, det var vi som talades vid per telefon. Vi är strax klara, alla vet om att du ska komma.

Så börjar gruppen samlas.
– Det här är Svea och Elsa! säger en flicka. Jag presenterar mig och handhälsar.
– Vilken artig ung man! säger Elsa. Svea och Elsa stöder sig på varsin rullator.
– Vi ställer väl fästmännen här ute så länge, säger flickan och flyttar rullatorerna till korridoren sedan damerna parkerats på sina platser.

– Ja, där kan de gott stå och vänta! säger Svea, men jag vill
gärna ha min handväska! En ganska rund dam med ett vänligt
ansikte kommer vankandes för egen maskin i korridoren.
– Ja, det är bra Linnéa! säger Agneta. Kom och sätt dig här så
ska vi sjunga lite!
– Å, vad roligt! säger Linnéa. Hej på dig du! Är det du som är
sångaren?
– Vi får väl hjälpas åt, säger jag. Det kanske finns några sånger
vi kan allihop?

Nu kommer två andra biträden med varsin rullstol.
I den ena sitter en dam med ögonen slutna.
– Det här är Ruth! säger det ena biträdet.
– Och det här är Siri! säger det andra.
Både Siri och Ruth nickar och ler vänligt mot mig.
– Och det här är Axel! hör jag en röst bakom mig.
– Vad roligt att du vill vara med, Axel, säger Agneta.
– Ja, vi får väl se hur roligt det blir, svarar Axel.
Axels hår är helt vitt och han ser friskt brunbränd ut. Det är en
stilig karl med kraftfull utstrålning.

– Hur ska vi sitta? frågar Agneta. Blir det bra så här?
– Jag vill gärna sitta så att jag ser alla, svarar jag.
– Det är inte mycket att se, säger Axel. Han sätter sig en bit bort
från bordet för att markera lite distans.
– Får jag sitta här? frågar jag Ruth och pekar på stolen som är
placerad bredvid hennes rullstol. Ruth nickar och ler.

Agneta sätter sig mitt emot mig, mellan Linnéa och Svea.
– Ja, säger hon, då kan vi börja! Det här ska bli roligt!
Jag har bestämt mig för att börja sångstunden med Fjäriln
vingad. Den borde alla runt bordet fått lära sig utantill i skolan,
i alla fall om deras lärare följt läroplanen.

Fjäriln vingad syns på Haga
mellan dimmors frost och dun
sig sitt gröna skjul tillaga
och i blomman sin paulun.
Minsta kräk i kärr och syra
nyss av solens värma väckt
till en ny högtidlig yra
eldas vid sefirens fläkt. [1]

Har man sett, det går riktigt bra! Astrid, Svea, Elsa, Linnéa och Siri sjunger med hela tiden. Axel deltar inte, men han tittar intresserat på mig. Ruth sitter fortfarande med ögonen slutna.
– Vad fint ni sjunger! säger Agneta, jag är riktigt imponerad!

Stärkta av den fina inledningen fortsätter vi sångstunden. Vi sjunger sånger som jag brukar betrakta som säkra kort. Det betyder att Vitsippans kök fylls med: Kostervalsen, Svinnsta skär, Axel Öman, Capri, Se farfar dansar gammal vals och Vem kan segla förutan vind. Det här är idel sånger som de allra flesta över 65 år är mycket väl bekanta med. Vi sjunger inte hela sånger, utan refränger eller så mycket som vi kan utantill. Efter ungefär en timme avslutas sångstunden med När det våras ibland bergen. Tack för i dag!

Så hur sammanfattar vi vår första sångstund? Det gick nog bra, tror jag. Visserligen kom det inte en ton ifrån Axel, men alla andra deltog glatt i sjungandet - med undantag av Ruth som deltog mer sporadiskt. Alla satt faktiskt också kvar runt bordet hela tiden. Inte illa!

3

Jag minns den ljuva tiden

I dag möter Agneta mig redan i dörren och säger:
– Du gjorde verkligen intryck på damerna förra veckan. Särskilt Linnéa, hon tyckte att du var *så* stilig!
– Jaså, tyckte hon det, säger jag lite generat.
– Ja, så du förstår att hon är helt förvirrad! Hon har liksom tappat alla begrepp!

Det kan ju inte Agneta veta, men till och med jag har betraktats som vacker. Tyvärr var jag bara vacker en dag i veckan, på måndagar. Då träffade jag nämligen Maja. Hon tyckte att jag var vacker.
– Åh, en sådan vacker man! utbrast hon. Han har nog en vacker fru hemma!

Självklart blev jag smickrad i början av att höra att jag var vacker. Det skulle alla behöva höra ibland. Upprepades det tillräckligt ofta skulle vem som helst säkert börja tro det. Det var nog tur att jag bara var vacker på måndagarna.
I början kom kommentarerna ganska sällan, men allt eftersom Majas demens fortskred kom komplimangerna tätare. I den lilla tystnad som inträffar efter varje sång kom det:
– Åh, en sådan vacker man! Han har nog en vacker fru hemma!
Efter några veckor kom kommentaren mellan varje vers. Till slut varje gång jag andades in.
– Åh, en sådan vacker man! Han har nog en vacker fru hemma!
– Vad vet du om det? Brukade en annan dam kontra ilsket, men det hjälpte inte. Maja tittade bara förnärmat på henne, sedan

vände hon åter blicken mot mig. Senare fick jag veta att hon helt urskiljningslöst kallade alla hon mötte för vackra.
Den kunskapen hade jag lika gärna kunnat vara utan.

Men det här var länge sedan. Maja är borta sedan många år. Det betyder tyvärr att jag inte är vacker ens på måndagarna längre.
Nu sitter jag på Vitsippans gruppboende och försöker söka tröst i musiken! I dag börjar vi sångstunden med:

Jag minns den ljuva tiden,
jag minns den som i går.
Då oskulden och friden
tätt följde mina spår.
Då lasten var en häxa
och sorgen snart försvann.
Då allt utom min läxa
jag lätt och lustigt fann.[2]

Ruth är tillfälligt vaken. När sången klingat ut klappar hon mig lätt på axeln och säger vänligt:
– Han skulle sjunga lite bättre!

4

Hur fan kom jag hit?

När jag kommer in i köket sitter alla utom Axel redan runt bordet och väntar. Jag går runt och hälsar på alla som vanligt. Axel har placerat sig i soffan borta vid den glasade väggen. Han är vaken, men verkar helt försjunken i sina egna tankar.

Agneta tar mig lite avsides och berättar att Axel inte är riktigt i form idag.

– Han ville inte sitta med vid bordet, men kom i alla fall med ut! Vi får nöja oss med det i dag, säger hon. Han väljer själv hur han vill sitta.

För några år sedan sjöng jag på en avdelning där en dam inte under några omständigheter kunde tänka sig att sitta runt ett bord tillsammans med oss andra och sjunga!

Hon placerade sig i stället vid ett litet blombord i korridoren. Här satt hon under hela sångstunden. Hon sjöng inte med i några sånger alls men satt troget kvar vid sitt lilla bord vecka efter vecka. Efter en tid flyttade hon närmare. Efter flera månader valde hon själv att sitta med runt det stora bordet. En kort tid efter det var hon en av dem som sjöng med mest i sångerna – och hon strålade av glädje!

Med detta i bagaget (och med tanke på årstiden) börjar jag med en refräng som jag vet att alla är mycket välbekanta med:

Det är våren, det är våren .... [3]

Medan jag sjunger tittar jag då och då bort mot Axel i soffan. Inte en muskel ändras i hans ansikte. Blicken är stelt riktad framåt. Jag försöker få ögonkontakt, men misslyckas.

Agneta, som förstås redan har läst av situationen, lämnar nu sin plats vid bordet. Hon sätter sig bredvid Axel i soffan och lägger armen runt hans axlar. Så nickar hon mot mig och det är dags för ett nytt försök.

Det finns ju faktiskt några sånger som brukar gå bra hem hos äldre herrar ibland. *Jungman Jansson* är en av dem, men jag satsar på:

Se, farfar dansar gammal vals, se sån stil han har... [4]

Jag hinner bara sluta sången.
– Hur ska jag komma hem? utbrister Axel, orolig och plågad.
– Jag hjälper dig hem sen, Axel säger Agneta och fattar hans hand. Var inte orolig. Jag följer med dig till ditt rum sen!
Axel säger inget mer. Han fortsätter att stirra stelt framför sig. Jag överväger hur jag ska göra. Efter ett ögonblicks tyst personalkonferens med blicken får jag klartecken att fortsätta. Men jag hinner inte börja.
– Hur fan kom jag hit? utbrister Axel.
Sedan vänder han för första gången en aning på huvudet och säger till Agneta som sitter bredvid honom i soffan:
– Det är något fel i huvudet på mig! Jag kommer inte ihåg någonting!

Agneta stryker Axel över kinden.
– Jag följer med dig till ditt rum, Axel.
Hand i hand försvinner Agneta och Axel bort i korridoren.
Det är i sådana här stunder jag fryser till invärtes. Fantasin skenar iväg och jag står framför en stängd och låst dörr. Jag har just avslutat en sångstund på en demensavdelning och packat ihop mina grejor. Jag vänder mig mot en ung flicka och säger:
– Jag skulle vilja komma ut nu, kan du hjälpa mig?

Då sveper en iskall vind genom mig. Kroppen stelnar till, som
om jag vore mycket gammal. Jag hör hur flickan svarar:
– Men Anders, du ska inte gå ut nu. Vi var ju ute i går
– Jo, men du förstår jag måste vidare till nästa ställe och spela,
säger jag förvirrat.

Den unga flickan lägger armen om mina axlar och säger mjukt:
– Anders, du bor ju här hos oss nu. Du har sålt huset, visst minns
du väl det?
Hon vänder sig mot en annan ung flicka och säger tyst, men jag
hör vartenda ord,
– Anders har varit så orolig i dag. Var han likadan i går?
– Gitarren! säger jag. Var har ni gjort av min gitarr?
– Gitarren hänger på sin krok i ditt rum som vanligt.
    Du kan väl gå in och spela lite före maten om du vill?

In och spela? Jag vill inte in och spela! Jag vill ut!!!
– Det är många som väntar på mig! säger jag ilsket.
    Släpp ut mig nu innan jag blir riktigt förbannad!
– Det finns ingen som väntar nu Anders, du behöver inte vara
orolig! Vill du kanske ha en kopp kaffe före maten?
Kaffe? Nej tack, jag känner mig plötsligt bara så trött.
Jag känner mig så trött som du bara kan bli när du kämpat så
mycket du orkat, men förlorat.

– Är det någon som kan koden? frågar jag.
– 2296 hör jag en röst bakom mig. Tack för i dag! Vi ses igen
nästa vecka! Pekfingret knappar snabbt in siffrorna. Det knäpper
till i låset.

För några år sedan var jag med på en föreläsning om demens.
Föreläsaren var en mycket kunnig och klok kvinna som
berättade om hur världen kan upplevas av människor som på
olika sätt drabbats av sjukdomen. En av de saker jag fäste mig

 mest vid var hennes tanke kring att sakerna omkring oss "talar" till oss. Jag ser en dörr. Vad säger dörren? Öppna mig! Jag ser en rock. Vad säger rocken? Ta på mig!

En dörr...
Vad kan jag göra med en dörr?
Tja, man kan ju alltid öppna den...
Hm, en garderob...
Titta! Här hänger ju min ytterrock!
Vad ska jag göra med rocken?
Tja, rocken tar man väl på sig...
Så där, nu är ytterrocken på!
Vad brukar jag göra när jag tagit på mig ytterrocken?
Ut!
Då går jag förstås ut!
Hur kommer jag ut?
Var är ytterdörren?
Nu får vi leta lite...
Här är nog dörren ut.
Men den verkar ha fastnat...
Den går inte att öppna!
Fan, jag måste ju ut!
Dörrjävel!!!

- Står du och rycker i dörren igen!
- Ja, jag måste ut! Släpp ut mig!
- Men vart har du tänkt gå?
- Hem, jag vill gå hem!

Förvirring, ångest, ilska, så här måste det kännas...

5

Kom i Kostervals...

*Kom i kostervals...*det går en stöt genom den lilla gruppen som sitter samlad runt bordet...*lägg din runda arm om min hals...*
Ruth, som förut varit nära att nicka till börjar röra på läpparna.
Jag dig föra får, hiohej vad det viftar och går....
Nu ser jag bara öppna ögon och munnar som formar visans ord. Linnéa strålar med hela ansiktet och väntar som vanligt in refrängens slutord:
Maja lilla, hej,
Maja lilla, säj,
säj vill du gifta dej![5]
– Med mej! tillägger hon med ett plirigt leende.
- Under paraplyet! fyller Astrid i, för rätt ska vara rätt.

Klockan är halv elva och sångstunden har varat sedan klockan tio. I dag är vi bara sju stycken som sitter samlade runt det utslagna bordet i köket. Axel är kvar på sitt rum i dag. Han har inte ens gått upp ur sängen. Han har sina dagar, Axel. Det är lite lugnare runt bordet men kanske inte heller riktigt lika spännande.

Snart är det dags för det efterlängtade kaffet. Själv sitter jag med min gitarr i famnen och försöker hitta visor som kan locka fram sång och leenden. Svea, Elsa, Linnéa och Siri sjunger med hela tiden. Ruth ögon sluts sakta på nytt. Agneta reser sig från sin plats och går fram till Ruth. Hon lägger armen om henne och säger:
– Ska du försöka vara med och sjunga lite också?

– Jo, säger Ruth, men hon öppnar inte ögonen.
– Har du inga sånger om kärlek? undrar Linnéa.
– Jo, säger jag, vi kanske kunde ta den här?

Den första gång jag såg dig
det var en sommardag
på förmiddan när solen lyste klar
och ängens alla blommor
av många hundra slag
de stodo bugande i par vid par.
Och vinden drog så saktelig
och nere invid stranden
där smög en bölja kärleksfull
till snäckan uti sanden.
Den första gång jag såg dig
det var en sommardag
den första gång jag tog dig uti handen. [6]

Nu har Ruth definitivt somnat.
– Det är härligt med kärlek! säger Linnéa drömskt.
Har du fler sånger?
Jag visar pärmen.
– Oj, har du så många sånger, vad bra! Då kan vi sitta här hela
dan!
Vi sitter inte så länge, utan vi dricker kaffe och sjunger några
sånger till. Sedan säger jag:
– Nu ska jag sjunga sista sången för idag och sen ska jag tacka
för mig. Det var roligt att få komma hit!
– Ska du sluta redan? säger Linnéa, varför det?
– Han måste vidare till ett annat ställe, svarar Agneta.
– Jaså, det var väl tråkigt. Då får vi ju sitta här alldeles själva.
– Tack för i dag, säger jag och reser mig från bordet.
– Inte ska du gå redan? säger Linnéa. Så bråttom har du väl inte?
En sång till kan du väl ta, sedan får du gå!

Det är ju inte alltid det blir inropningar så jag slår mig ned igen
och sjunger:

Liten blir stor, drömmer och tror...
Stig Olins *En gång jag seglar i hamn* är en av få sånger som
nästan alla kan sjunga med i både versen och refrängen. Fast -
det går förstås extra bra i refrängen!
En gång jag seglar i hamn... och så avslutningen då:
En gång min älskling
kommer jag hem till dej! [7]
– Du bara lovar och lovar, skrattar Linnéa. Glöm inte bort oss!
ropar hon just när dörren går igen.

6

Vet du inte vem Evert Taube är???

I dag har vi sänkt medelåldern runt bordet ganska rejält. Med oss har vi nämligen en praktikant. Det är en ung tjej på..ja..20 år kanske? Först sätter hon sig i soffan och börjar bläddra i en tidning. Agneta ger henne en fundersam blick. Hon tvekar lite först, men sedan säger hon:
- Nu ska vi ha sångstund! Kom och sätt dig med oss andra!
- Jag kommer inte att sjunga i alla fall! säger praktikanten lite snäsigt.
- Det är möjligt, svarar Agneta, men du är ändå välkommen till bordet!

Så praktikanten hämtar en stol och slår sig ned vid bordet med en lite surmulen min. Agneta tar ingen vidare notis om detta utan vänder sig till mig.
– Kan vi inte sjunga någon sång av Evert Taube?
– Vem är det? undrar praktikanten som sitter tvärs över bordet. Agneta hajar till lite grann. Sedan spänner hon sina ögon i den stackars praktikanten och säger upprört:
– Vet du inte vem Evert Taube är???
– Nej, svarar praktikanten obekymrat, det gör jag faktiskt inte.
– Men... kan du ingen sång alls av Evert Taube? frågar Agneta.
– Nej, varför skulle jag kunna det?
– Menar du på fullt allvar att du inte har hört talas om Evert Taube? Har du inte fått lära dig det i skolan frågar Agneta lite mildare i tonen.
– Nej, vi lyssnade bara på sådan musik vi själva gillar på lektionerna. Ibland såg vi på film i stället när läraren tyckte att vi var för stökiga. Då blev det lugnt.

Agneta suckade och ansatte sedan inte praktikanten med fler musikaliska frågor. Efter sångstunden, som trots allt flöt på ganska bra, ville praktikanten tala med mig och Agneta i köket.

– Jag tycker inte att det är så konstigt att jag inte vet vem Evert Taube är, började hon. Vad jag däremot tycker är underligt är att det finns de som är jämngamla med mig som inte vet vem Jakob Hellman är. *Det* tycker jag är konstigt!
– Ja, men han gjorde ju bara *en* skiva för flera år sedan sa Agneta.
– Ja, men i alla fall, sa praktikanten.

7

Hönan och buspojken

Förra veckan låg Axel kvar i sängen, men i dag kommer han mig till mötes i korridoren. Skönt!
– Jaså, du har piggat på dig! säger jag glatt.
– Hur så? svarar han.
– Jaa, förra veckan var du ju dålig.
– Jaså, var jag det? säger Axel. Det minns jag inte nå´nting av. Men du, har du hört den här? Och Axel berättar:

Det var en byskollärare i en liten skola på landet.
En dag kom en av hans elever fram till honom och sa:
– Jo, magistern, mamma undrar om magistern skulle vilja ha en höna i morgon?
Det tackade inte magistern nej till, så när han kom hem sa han till sin fru:
– I morgon behöver du inte tänka på någon middagsmat. Då har jag en höna med mig när jag kommer hem!

Frun blev förstås glad och dagen därpå gick läraren till skolan. Han träffade sin elev, men konstigt nog såg han inte till någon höna.
Dagen började lida mot sitt slut och då måste ju läraren fråga:
– Hör du, den där hönan, har du med dig den?
– Nej, hon piggade på sig! svarade pojken.

Han kan han, Axel. Undrar just hur många gånger han dragit den här?
– Har du tid för en till? frågar Axel.
– Nja, jag tänkte nog börja spela.

– Den är kort, säger Axel. Han fortsätter:
Jo, det var en buspojke som slagit sönder en fönsterruta i skolan.
Oturligt nog såg rektorn alltihop. Han kom sättandes som en
raket, tog pojken i nackskinnet och röt:

– Det här ska allt din pappa få veta! Vad heter han?
– Det vet jag inte, svarade pojken trotsigt.
– Vet du inte!!! Hur gammal är du?
– Tolv!
– Är du tolv år och vet inte vad din egen pappa heter???
– Morsan är trettiofem, hon vet inte heller!

Skönt att Axel är sig själv igen. Tänk om jag skulle börja med
Svinnsta skär? Ruth har börjat få svårt att hålla händerna stilla.
Hon plockar och plockar med en liten nalle som hon har i sitt
knä. Blicken lyfts mera sällan och hon drar sig allt längre in i
sin egen värld för varje månad som går. Men *Svinnsta skär* kan
hon fortfarande inte stå emot. Nu lyfts huvudet och läpparna
börjar röra sig.

Dansen den går upp Svinnsta skär... [8]
Tack snälla Gideon Wahlberg för att du skrev sången! Du skulle
bara veta hur mycket glädje den har spridit genom åren!

8

Kyssar och smek

– Har du min kofta på dig? säger Astrid och tittar stint på Svea som sitter på sin plats vid bordet.

– Ja, inte är det min! svarar Svea obekymrat.

Astrid står tyst en liten stund och begrundar situationen, så säger hon:

– Jag kan inte säga att jag tycker att den klär dig!

– Nej, svarar Svea, det tycker inte jag heller.

Sedan händer ingenting dramatiskt. Astrid slår sig ned bredvid Svea och båda sitter tysta. Så var det med det....

Det är måndag igen. Det är också en lite gråmulen dag och ganska dämpad stämning i köket. Jag försöker skapa lite kontakt med en sång som alla i gruppen borde ha lärt sig utantill i skolan.

Litet bo jag sätta vill
gård med trädgårdstäppa till
liten åker till att grava
vill jag uppå landet hava
huset utan vank och brist
fyra rum och förstukvist. [9]

– Det är möjligen ingen som vet vem som skrivit den här sången frågar jag. Först blir det bara tyst och jag ångrar att jag ställde frågan.

Sedan säger Astrid:

– Tänk, i dag står det helt still i huvudet på mig! Hon tittar tankfullt in i väggen mitt emot.

– Ja, helt still står det ju inte förstås, tillägger hon, för jag har lite yrsel.

Trots stillastående tankar och yrsel går det ändå bra för Astrid att hitta orden till sången när vi tar den en gång till.

– Har du några sånger om kärlek i dag? undrar Linnéa.
– Tja, säger jag, har du hört den här?
Nog för att du haver fått både kyssar och smek...[10]
– Tänk, det har jag inte märkt nå´t av, säger Linnéa oskuldsfullt och lägger huvudet på sned. Hon är omöjlig, Linnéa.

Hur Axels tankar går under våra sångstunder blir jag aldrig riktigt klar över. Att han inte riktigt är med oss andra i sångerna har jag i alla fall förstått.
– Min farbror, säger Axel, han trodde inte på skrock!
– Nehej? säger jag och väntar på fortsättningen.
– Det sa´s ju förr i tiden att om man hade en hästsko med sig i bilen skulle den skydda mot olyckor, sa Axel.
– Jaså, sa jag, men det trodde inte din farbror på?
– Inte fan, sa Axel. Inte trodde han på det!
– Så han hade ingen hästsko i bilen?
– Jo, det hade han faktiskt!
– Men om han inte trodde på att det hjälpte verkar det väl konstigt?
– Jo, men min farbror hade hört någonstans att det skulle skydda även om man inte trodde på det!

9

Jag gick mig ut en afton

– Förra veckan var Astrid ursinnig dagen efter det att du hade varit här, hela dagen faktiskt.

Agneta ser lite road ut när hon säger det, men jag blir förstås lite orolig och undrar om jag trampat i klaveret under sångstunden.

– Var det mitt fel?

– Nej, inte alls, eller...ja, på sätt och vis! Du vet, Astrid kommer ju från Dalarna och du måste väl ha sjungit någon sång som väckte minnen som bara klickade till. Hur som helst...hon prenumererar ju på Dala-Demokraten och hon måste ha letat hela morgonen i tidningen. När hon kom ut ur sitt rum var hon faktiskt skitförbannad. Till sist fick jag ur henne vad hon var så arg för:

– Tänk vad trevligt vi hade i går, och inte ett ord i tidningen om det!

Idag verkar Astrid både lugn, vänlig och dessutom på riktigt gott humör.

– Har ni sett vilket vackert väder det är ute!

Astrid sträcker lite på halsen för att kunna se ut lite bättre genom fönstret. Hon nickar först tyst instämmande och säger sedan:

– Ja, nu skulle man förstås gå ut på en promenad med sin karl. Men ut kommer jag ju inte och någon karl har jag inte heller!

Men man skulle kanske kunna ta sig ut på balkongen med en liten cigarrett?

– Vi väntar lite med det säger Agneta. Vi sjunger lite till först. Efter kaffet passar det väl bra med ett bloss på balkongen?

– Det är konstigt säger Astrid, en del får så många karlar att de
kan elda med dem – jag fick ingen jag! Det kanske är som
Ruben Nilson skrev: Karlar skulle man nog dra lott om!
– Det stämmer nog alldeles utmärkt bra det, sa Agneta.
Så vänder hon sig mot mig och frågar:
– Vad tycker du passar att sjunga nu?

Tja, kanske den här?

Jag gick mig ut en afton uti en lund så grön,
jag gick mig ut en afton uti en lund så grön
där mötte mig en flicka så fager och så skön, skön, skön,
där mötte mig en flicka så fager och så skön.

Hon lovade mig sitt hjärta hon lovade mig sin hand
Hon lovade mig sitt hjärta hon lovade mig sin hand
vi knöto, vi knöto förtroliga band, band, band
vi knöto, vi knöto förtroliga band.

De banden som vi knöto väl ingen lossa kan
de banden som vi knöto väl ingen lossa kan
blott döden, blott döden kan lossa dessa band, band, band
blott döden, blott döden kan lossa dessa band. [11]

Nu ser Agneta plötsligt lite sorgsen ut. Hon tittar först ner i
bordet och sedan ut genom fönstret utan att säga något alls. Men
det gör Astrid!
– Så sjöng inte vi! Vi sjöng: Blott svärmor och prästen kan lossa
dessa band.
– Nej, nej, nej säger Axel. Blott svärmor på söder kan lossa
dessa band! Så har det alltid varit!
Agneta släpper fönstret med blicken och återvänder till gruppen
från sin tillfälliga utflykt i tankarnas värld.
– Kaffe! säger hon. Visst är det väl dags för kaffe nu?

10

Året var 1938

Här ska dansas Lambeth Walk...[12]
– 1938! säger Svea. Det vet jag, för den hösten kom jag till Stockholm, och då skulle alla dansa Lambeth Walk.
Det här är just det fina med schlager! Vi kan knyta mycket exakta, daterbara minnen till dem. Många gånger vet vi precis var vi var eller vad vi gjorde när vissa sånger "slog".
En gång sökte jag vilket år "Köppäbävisa" kom (Ni vet: fån´t jag en körv så huppä jag i älva...) och frågade min begåvade kusin om hon möjligen visste?
– Ja, det vet jag precis, sa hon. Vänta lite... Vi var på Gotland. Erik *(svärfar)* levde, Christer...*(sonen)* hur gammal var han...? Han måste ha varit åtta... Jo, det stämmer! Sofi *(dottern)* skulle börja i skolan på hösten. 1981 var det!

Men nu handlar det ju om 1938, året innan andra världskriget bryter ut. Vad kan det finnas mer att sjunga från den här tiden?
Klar liksom en stjärna vid kasernens dörr... [13]

Axels ansikte mulnar. Han tar ett djupt andetag dunkar sedan näven i bordet så att blomvasen tar ett litet skutt och utbrister:
– Jag tänker fanimej inte sitta här och sjunga nazistsånger!
Han reser sig häftigt och lämnar oss andra snopet sittande kvar vid bordet, förvånade och i ett lättare chocktillstånd.
– Jaha, sa Agneta. Var det en nazistsång? Det hade jag ingen aning om. Jag går och ser till Axel lite grann.
Hon reser sig och kilar efter Axel som försvinner bort i korridoren med sikte på sin egen dörr.

Jo, Lili Marlene sjöngs ju under det andra världskriget och sången var omåttligt populär bland de tyska soldaterna. Det är ju en fin sång som faktiskt blev mycket sjungen även i England – och i Sverige med för den delen. Trist att göra Axel upprörd!

Efter en stund kommer Agneta tillbaka igen, men inte Axel.
– Han blev arg, sa Agneta. Han vill inte vara med och sjunga.
– Jag kan faktiskt förstå honom, sa jag. Vissa saker sitter djupt. Även om jag inte har Axels inställning till just Lili Marlene har jag en motsvarande låsning inför sången Eviva Espana. På svenska blir det ju "Leve Spanien" och den sjöngs av Sylvia Vrethammar. Den spelades vecka efter vecka på radion alltmedan Francoregimen torterade och garrotterade politiska fångar i Madrid.

Garrottering var ursprungligen en avrättningsmetod där den dödsdömde bands vid en träpåle och långsamt ströps med ett rep eller ett halsjärn. Senare kompletterades halsjärnet med en metallskruv som drevs in i nacken på den dödsdömde. Den sista garrotteringen skedde så sent som 1974 och avskaffades först 1978 i Spanien, fyra år efter Francos död.

 Om ett par decennier är det kanske jag själv som lämnar rummet i vredesmod när någon aningslös sångare klämmer i med Eviva Espana...

11

Bellman är död!!!

I dag är ingenting sig likt på Vitsippan. Ingen möter mig när jag kommer. Det sitter ingen grupp runt bordet i köket som vanligt. Var är Agneta? Var är alla andra? Ingen syns till i köket, utom Astrid som sitter ensam vid bordet med en tidning i händerna.
– Har ni sett! ropar hon plötsligt och fäller ned tidningen mot bordet. Bellman är död!!!
Astrid söker runt med blicken i det tomma köket.

Nu ser jag i alla fall praktikanten i korridoren. Hon går fram till Astrid och frågar:
– Ville du något Astrid?
– Bellman är död!
– Det var tråkigt, säger praktikanten. Var det någon bekant till dig?
– Nej, det tror jag inte, svarar Astrid lite lugnare. Men det var otäckt att läsa om det!
Astrid fortsätter att bläddra lite planlöst i tidningen. Bellmans bortgång sjunker undan och Astrid andas lite lugnare.

– Jag är ledsen att det är lite rörigt i dag! Praktikanten vänder sig till mig. Agneta är sjuk och vi är en kort i dag. De andra vill att vi ska ha en sångstund i alla fall, men vi får skjuta lite på den om det går bra för dig?
– Ja, det går bra, svarar jag. Jag sätter mig i soffan och väntar så länge.
– Bellman, säger hon sen lite fundersamt, var det någon som Astrid kände?

– Nej, Bellman dog 1795, svarar jag. Det var ingen bekant till Astrid. Men hon kan nog några av hans sånger skulle jag tro.
– Jaha, sa praktikanten, han var diktare?
– Ja, det var han, svarar jag.

Nu ser jag både Elsa och Svea skymta i korridoren. De får hjälp av Ulla och Mona som har en knogig dag med att samla gruppen till vår sångstund.
– Ruth sover fortfarande och Axel vill inte vara med i dag, säger Ulla, som verkar lite stressad. Hon stryker håret från pannan och fortsätter:
– Vi har ju vår praktikant som tur är! Vi tänkte att hon kunde få vara Agneta idag. Det går väl bra?
– Det är klart det gör, säger jag. Det ordnar sig alltid.

Till sist blir vi trots allt en liten grupp runt bordet. Det går trögt med sjungandet i dag. Jag får liksom inte tag i någon. Eller rättare sagt: Jag når inte fram alls med mina sånger. Det är något som saknas. Nej förresten, det är inte *något* som saknas, det är *någon*.

Agneta är glädjespridaren på Vitsippan. Agneta har ett vänligt ord eller ett skämt till hands för alla som behöver det. Hon är omtänksam och vänlig. Hon är brasan som alla vill värma sig vid. När hon inte är på plats dör hela avdelningen lite grann. Det som brukar vara roligt spelar plötsligt inte så stor roll längre. Vi försöker i alla fall, praktikanten och jag.

Det går inget vidare.

12

Refränger

Hur är det möjligt?
Hur många sånger kan de här människorna egentligen?
Vid nästan varje refräng jag börjar på lyser deras ansikten upp.
Alla runt bordet verkan kunna varenda sång jag sjunger! Det spelar ingen roll om det är sånger från 30–talet, 40–talet eller 50–talet. Inte ens refrängerna från början av seklet är bortglömda här. Allt finns tydligen lagrat i hjärnor som annars har kopplat ned i stor utsträckning.

För jag är torpare jag och jag har det så bra...[14]
Ja visst, alla sjunger med i Gunde Johanssons *Torparvisa*!
Vi har en ovanligt bra dag i dag. Axel är på gott humör, Ruths hörapparat piper inte och diskmaskinen är avstängd. Kan det bli bättre? Lite kan det också bero på att vi sjunger välkända refränger hela tiden. Fördelar: De är korta, melodierna är muntra, alla kan vartenda ord och vi kan hålla ett lagom högt tempo. Så fort vi sjungit en refräng klar satsar vi på nästa.

Ju mer vi är tillsammans, Det är våren, En gång jag seglar i hamn, Med en enkel tulipan, Capri – vi sjunger refräng på refräng. Tills vi till sist avslutar med *Bättre och bättre dag för dag.* Pust!

Kort paus, den här då?
Trallalalalej, då tänker jag på dej. [15]
Nu tittar Axel med vänliga ögon på Agneta och förstärker med att lyfta högerarmen och rikta pekfingret rakt mot henne.

– Då tänker jag på dig! säger han igen när vi slutat sjunga.

Ska vi kalla sången kontaktskapande? Hur som helst har vi en mycket bra dag runt köksbordet inne på Vitsippan. Det är bara det att bakom Agnetas vänliga, vanliga jag skymtar jag något annat som jag inte blir riktigt klar över.

– Nej, nu är det kanske dags att tänka på refrängen! säger jag vitsigt.
Men vi tar faktiskt ingen refräng utan avslutar sångstunden med *Tryggare kan ingen vara*. Så får Elsa också en av sina sånger att ha med sig under dagen.

Tryggare kan ingen vara
än Guds lilla barnaskara
stjärnan ej på himlafästet
fågeln ej i kända nästet [16]

Det är faktiskt så att den vänliga stämningen vi haft under sångstunden kan finnas kvar på avdelningen hela dagen.

Påstår Agneta...

13

Siri

Vi brukar nästan alltid ha våra fasta platser runt det ovala bordet i Vitsippans kök. Själv sitter jag på en stol utan armstöd mellan två rullstolar. Till höger har jag Ruth och till vänster sitter Siri. Elsa och Axel sitter vid varsin kortände av bordet. Axels placering är väl vald av honom själv. Han sitter nära utgången och kan komma och gå som han vill, och det gör han också. Mitt emot mig sitter Agneta med Svea till vänster och Linnéa till höger.

I ett hörn av köket står serveringsvagnen med koppar, glas, kaffekanna och en safttillbringare. Allt är redo för framplockning när stunden är inne. På vagnen finns också ett kakfat med årstidens kakor. I dag är det pepparkakor.

Denna dag har Siri bestämt sig för att göra sin stämma hörd:
Ska vi gå på bio, ska vi gå på bio,
det har blivit nytt program.
Stora svarta gubbar, stora svarta gubbar
träder på ett lakan fram!

Ingen av oss andra känner igen den här melodin. Det bekymrar inte Siri alls, hon tar den en gång till...och en gång till...
Siri kan alla sånger jag kan och förmodligen några tusen till som jag aldrig kommer att få veta något om. En gång frågade jag Siri hur det kom sig till att hon kunde så många sånger.
– Jo, svarade Siri. När vi ätit middag hemma så var det alltid mamma som stod i diskbaljan. Jag och min syster torkade disken och under tiden sjöng vi. Ofta sjöng vi i stämmor också.

Inte nog med att diskmaskiner stör sångstunder med sitt skvalande! De hindrar tydligen spridandet av visor mellan generationerna också.

När jag söker efter visor som går att nå gamla människor med utgår jag alltid från Siri. Om Siri inte kan visan är det ingen idé att pröva den på något annat ställe heller. En hel del melodier har fått olika texter. Så idag börjar jag med att vissla en melodi som jag vet att alla känner till. När jag visslat klart både vers och refräng blir det tyst runt bordet. Nu blir det kul att se vilken text de väljer!

Det blir Siri som tar ton i dag:
Lång bort i skogen där träden växa höga
dansar bäcken genom dalen under munter sång.
Sippan i lunden slår upp sitt klara öga
solen lyser, våren kommer till oss än en gång.
Trallalalala, trallalalala
solen lyser, våren kommer till oss än en gång. [17]

– Jaha, det är *den*! säger Axel. Den kan jag en annan text på:
Nubben kan tagas på alla sätt och handa vis.
Ett sätt är att ta den såsom Bismarck tog Paris!
Hurra för Svealand, hurra för Götaland,
hurra för potatisland som ger oss brännevin. [18]

Elsas annars så blida ansikte skrynklas ihop som ett russin. Hon sjunger absolut *inte* med! Det gör alla andra, särskilt Svea som ser mycket nöjd ut.
– Kräftskiva! säger hon glatt. Ska vi inte ha en kräftskiva snart?
– Ingen sprit i så fall! säger Elsa.
– Åjo, säger Agneta. Det är klart att den som vill kan få en nubbe till kräftorna om vi har en kräftskiva!
– Jag vill, säger Axel.

14

Med en enkel tulipan

På ett av våra sjukhus någonstans i Sverige fanns det för många år sedan en överläkare som alla patienter var livrädda för. Kollegorna darrade inför honom, sjuksköterskor, vårdbiträden, städpersonal gick omvägar för att slippa träffa honom. Så hände det sig att den skräckinjagande själv blev sjuk och inlagd på ett rum i sjukhuset. Tempen skulle tas. Man skickade fram den modigaste sjuksköterskan bland dem. Hon bad doktorn att vända sig om på mage. När allt var klart lämnade hon rummet, men dörren lämnade hon ofint nog öppen så att alla kunde se in.

Överläkaren ja, han låg där han låg och kunde inte undgå att märka att alla som gick förbi log eller fnittrade till lite grann när de passerade. Till slut brast tålamodet för honom och han röt till en flinande städare som just passerade:
– Har du aldrig sett en människa som tar tempen förr?
– Jodå svarade städaren, men aldrig med en tulpan!

Med en enkel tulipan uppå bemärkelsedan... [19]
– Är det någon som har födelsedag? undrade Axel.
– Nej, inte i dag, men i nästa vecka fyller jag faktiskt år, sa Agneta. Jag kan förresten en annan text till den här sången, ska jag ta den?
– Ja visst, sa både Axel och jag i munnen på varandra.
Jag är en liten undulat som får så dåligt med mat
för dom jag bor hos, för dom jag bor hos dom är så snåla.
Dom ger mej frukt varenda dag, det vill jag alls inte ha
jag vill ha brännvin, jag vill ha brännvin och Coca Cola! [20]

– Det var ingen trevlig visa! sa Elsa. Jag vill hellre höra vackra visor!

I vanliga fall skulle Agneta ha slätat över det hela och vi skulle ha sjungit *Pärleporten* eller *Tryggare kan ingen vara* så att Elsa fått lite balsam på såren. Men i dag är det tydligen inte den vanliga Agneta vi har att göra med.

– Jag kan en till, den här sjöng ungarna på dagis!
Jag är en liten taliban som har kapat ett plan
jag har den äran, jag har den äran att detonera!

Elsa tittade totalt oförstående på Agneta. Innan hon hann ta till orda blandade sig Svea in i handlingen.

– Så här sjöng vi när vi var barn! sa hon glatt.
Det var på EPA vi mötte varandra
ibland kalsonger och doftande tvål
jag kände igen henne bland alla andra
ty på strumpan hon hade ett hål!

– Den har jag aldrig hört, sa Svea.

– Jo, visst har du det, sa jag. Fast kanske med en annan text? Du kommer väl ihåg var det var vi möttes?
Det var på Capri vi mötte varandra...[21]

– Du kanske rentav har varit på Capri som reseledare Svea? sa Agneta.

– Det är möjligt, det minns jag inte, sa Svea.

Slut för i dag! Tack för i dag!

– Vad får ni till lunch idag? frågade jag medan jag lade gitarren i fodralet.

– Kokt torsk, sa Axel surt.

– Jasså, gillar du inte torsk?

– Nej, de sa att den var utfiskad i hela Östersjön, men tror du inte att de hittade en torskjävel till!

15

Kan du vissla, Johanna?

– Tänk, min fästman kan så många fräcka visor!
– Ja, men dom sjunger han väl inte för dig?
– Nej, men han visslar dom!

Är det fult att vissla?

– Kan du vissla? frågar jag Linnéa. Nej, min pappa brukade säga att jag har fått omaka läppar. Därför kan jag inte vissla, säger hon och skrattar.
– Om man visslar får man skägg! säger Astrid.
– Jag har hört att man kan få något ännu värre längre ner, säger Svea.
Elsa stelnar till, men låter det hela passera. Det kanske är så att visslandet är en manlig företeelse, omgiven av oskrivna lagar. Själv visslar jag gärna, men det skulle till exempel aldrig falla mig in att vissla i en kyrka. Var kan jag ha fått det ifrån?

Dags för en sång innan Ruth somnar? Ruth har hamnat lite för långt bort från mig. Jag ser på henne att hon inte hör vad vi pratar om. Då ökar vi volymen lite grann:
Kan du vissla Johanna, ja visst kan jag det!...[23.]
Nej, det hjälpte inte. Ruth är fortfarande inte med. Då reser jag mig och går fram till henne med gitarren i högsta hugg. Där sitter Ruth, liten, späd och hopsjunken i sin rullstol. Hon är en bra bit över 90 och i dag är hon inte direkt på topp. Jag böjer mig ned och sjunger alldeles intill hennes öra:
Ingen gav mej en sådan stund, som Jungfrun på Jungfrusund...[24]

Jag är inte säker på om sången når fram till Ruth, men fortsätter:
Jag hållit i mina armar så många ljuvliga barmar,
men ingen, ingen så ljuv och rund
som Jungfruns på Jungfrusund.

När sången är slut vänder hon huvudet mot mig och säger stilla:
– Ja, det är slut med det runda nu, men tack i alla fall för att du
sjöng så fint!

16

Hur man tar den första tårtbiten

Man lär så länge man lever. Ibland lär man sig saker på begravningar också. När min mamma dog satt jag som närmast sörjande placerad bredvid den kvinnliga prästen vid begravningskaffet. Stämningen i salen var väl något dämpad, den var i varje fall inte särskilt munter.

Till kaffet serverades det förstås tårta och den som fick äran att ta den första biten var förstås min bordsgranne prästen.
– Nu ska jag visa dig hur man tar den första tårtbiten, sa hon.
Jag blev faktiskt lite förvånad, närmast sörjande som jag var. Men jag var också lite road och nyfiken. Kul präst!

– Jo, det är så här... började hon, ... präster och landshövdingar får alltid ta den första biten av tårtan. Det vet ju alla att det inte är så lätt! När man skurit sin bit och sedan försöker ta ut den brukar det bara vara tårtspaden som kommer tillbaka medan biten man skurit sitter fast i resten av tårtan, eller hur?
– Jo, så är det nog...
– Men, och det här vet alla präster och landshövdingar, det är faktiskt hur enkelt som helst att göra. Vet du regeln?
– Nej, svarade jag.
– Kort och bred! sa prästen. Det är det enda som gäller! Kort och bred! Försöker man skära ända in till tårtans mitt så misslyckas man alltid. Nu har du fått lära dig något nytt!

Anledningen till att jag tar upp den här historien är att det är lite fest på Vitsippan i dag. Kaffekopparna står redan framme på bordet och inte på den lilla serveringsvagnen som de brukar.

Mitt på bordet tronar en stor frukttårta på ett tårtfat av glas.
– I dag börjar vi med kaffet så att det inte blir för nära inpå
maten, säger Agneta. Svea fyller år i dag och det är hon som
bjuder på tårta!

Svea strålar som en sol och nickar uppmuntrande till oss andra.
– Födelsedagsbarnet får ta första biten! säger Agneta.
Svea fattar villigt tag i tårtspaden med van hand. Hon gör först
ett kort snitt till vänster och sedan ett snitt till höger. Så tar hon
utan besvär ut den första biten, kort och bred! Snyggt och
prydligt placerar hon biten, utan att välta den, på sin tallrik.
– Jaså, säger Agneta, du planerar för ett giftermål ser jag!
Svea fattar galoppen direkt och försöker välta tårtbiten, men den
är som sagt kort och bred och vill ogärna ändra läge. Den står
envist kvar som den stod från början.
– Ja, säger Svea, det ser inte bättre ut!

– Ska vi inte sjunga "Ja, må hon leva!" säger Agneta.
Dum som jag är föreslår jag då att vi inte sjunger "uti hundrade
år" utan "många lyckliga år". Numer så finns det ju ganska
många som är både hundra år och mera. Man vill ju inte gärna
önska livet ur folk!
– Det är en bra idé, det gör vi, svarar Agneta.
Och vi sjunger:
Ja må hon leva, ja må hon leva,
ja, må hon leva uti hundrade år,
ja visst ska hon leva, ja visst ska hon leva,
ja visst ska hon leva uti hundrade år. [22]

Men skulle vi inte sjunga "många lyckliga år"?
Tror ni att någon kom ihåg det?
Nej, den här texten verkar vara fastnitad i hjärnan...

17

Snapsvisor

Hur vet man om en melodi finns bevarad i vårt kollektiva minne så att alla i en generation människor faktiskt känner igen den direkt? Det är faktiskt ganska lätt att ta reda på! Leta reda på en av de många visböcker som innehåller snapsvisor och studera! Snapsvisor kan vara kvicka eller plumpa, men nästan alla är korta texter till en välkänd melodi. Den som skriver en text till en snapsvisa vill förstås välja en melodi som alla säkert kan - så att de kan sjunga med!

Nu tar vi den, nu tar vi den, nu tar vi den, nu tar vi den,
nu tar vi den, nu tar vi den, nu tar vi den, nu tar vi den,
nu tar vi den, nu tar vi den, nu tar vi den... Nu tog vi den!

Melodin som används här är lånad från *Du mörka gran*, som i sin tur är översättning av en tysk folkvisa; *O Tannenbaum*.

Jag var full en gång för länge sen. På knäna kröp jag hem.
Varje dike var för mig ett vilohem. I varje hörn och vrå,
där hade jag en liten vän, ifrån renat upp till 96%.
Hemmabränt!

Den här melodin är lånad från *Flottarkärlek* som Snoddas Nordgren sjöng på 1950-talet (hemmabränt är det enda tillägget i melodin).

Så två visor av Alice Tegnér (1864-1943):
En gång i månan är månen full,
aldrig vi sett honom ramla omkull.
Stum av beundran hur mycket han tål
höjer vi glasen och utbringar skål!
(Mors lilla Olle)

En kopparslagare här bor i staden,
han får nog jobb under morgondagen.
Vi tar en nubbe, ja fler ändå,
så far han pannor att banka på.
(Sockerbagaren)

Bättre och bättre snaps för snaps,
Halvan försvunnen i ett nafs.
Låt ej törsten längre bränna,
piggare för varje hutt vi oss känna.
Tag nu tersen i ett drag
och sjung med välbehag:
A-a-a-a-a-a-a
det blir bättre för varje snaps vi ta.
Ernst Rolfs kuplett *Bättre och bättre dag för dag* från 1924 har
under åren begåvats med många olika texter.

Uti vår mage där växa begär
kom hjärtans kär
vill du mig något så träffas vi där
kom O.P och Aqua Vitae
kom skåne och allt vad sprit e´
kom ljuva genever, kom överste.
Den medeltida gotländska folkvisan *Uti vår hage* lever idag
vidare i flera former.

Andra gamla visor som har begåvats med nya texter och därför,
glädjande nog lever kvar i den muntliga traditionen är:
Värnamovisan, Skånska slott och herresäten, Med en enkel
tulipan, Kors på Idas grav, Vårvindar friska, Kovan kommer,
Barndomshemmet, Svarta Rudolf, När månen vandrar, Jungfrun
på Jungfrusund...

Det är ingen skam, utan tvärtom en heder för en sång att bli omdiktad till snapsvisa! Det är ett kvitto på att melodin är känd och omtyckt av många! Genom att studera melodihänvisningar till snapsvisor som det svenska folket diktat genom åren kan vi alltså få kunskap om vilka melodier som finns i vårt kollektiva minne.

<h1 style="text-align:center">18</h1>

Strykbrädan

Kom får du höra! viskar Axel och drar mej i rockärmen.
– Det här är inget för fruntimmer, tillägger han halvhögt.
Självklart spetsar alla öronen.
– Jo, du förstår, börjar Axel. Det var den här prästen... Han hade för vana att besöka alla gamla ensamma gubbar och gummor i församlingen, men hos Anton i Backen hade han aldrig varit. Anton bodde ensam i sin stuga visste prästen, men när han knackade på dörren kom ett fruntimmer och öppnade! Prästen blev lite förvirrad, men bakom fruntimret skymtade han Anton.
– Jasså, sa prästen, lite dröjande, du har besök Anton?
– Nej, säjer Anton och går fram till dörren. Det är min hushållerska, hon bor här.
– Jasså, säjer prästen igen. Bor hon här? Han tittar sig runt i stugan. Ja, men du har ju bara en säng! Sover ni i den båda två? Ni är väl inte gifta?
– Jo, nog sover vi i den båda två, medgav Anton.
Då tycker hushållerskan att samtalet håller på att ta en obehaglig vändning, så hon flikar in:
– Det är ingen fara, goa pastorn, på kvällen när vi går till sängs har vi alltid strykbrädan mellan oss!
Prästen blir ändå inte helt lugnad så han säger lite bekymrat:
– Jo, det är väl gott och väl med strykbrädan, men tänk om lusten ändå skulle bli för stor?
– Ja, men då tar vi bort brädan, svarar hushållerskan glatt.

Som sagt... det där var ju ingenting som fruntimren behövde höra, menar Axel och tittar lite förvånat på personalen som

förtvivlat försöker hålla sej allvarlig eftersom de ju är fruntimmer och inte bör höra såna historier.
– Vi kanske ska sjunga lite? säjer Agneta.

Hon drar fram bordet så att vi alla ska få plats runt det. Nu kommer Svea och Elsa med sina rullatorer och slår sig som vanligt ner bredvid varandra. Rut sitter i sin rullstol och hälsar glatt förvirrat: "Adjö!" när jag tar hennes hand.
Linnéa och Astrid får hjälp att sätta sig på andra sidan av bordet.
– Det är mest bara fruntimmer här!
Säjer Axel medan han sätter sig bredvid mig på sin vanliga plats.
– Det gör ingenting, tillägger han storsint.
– Sjung en sång om kärlek! Säjer Linnéa och lutar sig fram över bordet. Ja, varför inte?

Där björkarna susa... [25]

– Den sången sjöng de på vårt bröllop! utbrister Svea.
– En sång till om kärlek, vädjar Linnéa.
Hon tycker att det pratas för mycket och sjungs för lite.
– Jag tycker om sånger om kärlek, avslöjar hon för Agneta som har satt sig mellan Linnéa och Astrid.
Ruth har börjat få svårt att hålla sig vaken, ögonlocken sluts sakta och munnen öppnas en aning. Agneta stryker henne över kinden och frågar om det är någon särskild sång hon vill höra?
– Nej, de är så vackra allihop, svarar Ruth och sluter ögonen på nytt.
– Där björkarna susa! säjer Linnéa, den kan du väl ta?
– Den sjöng han ju alldeles nyss! fräser Axel till. De är inte kloka fruntimren här!
– Jaså, har du redan sjungit den? säjer Linnéa lite generat. Men sjung någon annan sång om kärlek då!
Axel tittar ut genom fönstret.

19

Jag kommer inte ihåg vad jag minns!

Om jag har svårt för att minnas? Nej, det tror jag väl inte, men jag har lätt för att glömma! I dag har jag till exempel glömt min sångpärm hemma. Det blir till att testa mitt eget minne! I dag sitter också Mona med oss runt bordet. Det gör hon ibland när hon har tid, men det brukar inte bli så lång stund. Hon är snart på gång med något annat som måste göras på avdelningen.

Är det förresten någon som kommer ihåg den här sången, eller har ni glömt den?
Vi ska gå hand i hand genom livet du och jag...[26]
– Åååh, Gunnar Wiklund! säger Mona.
Hon får något drömskt i blicken.
– Jag minns... säger hon, jag minns....jag kommer inte ihåg vad jag minns!
Mona ser plötsligt lite hjälplös ut. Men minnet är konstigt ibland.
Man minns att det var något särskilt, men inte riktigt vad.
– Jo, nu minns jag! Det var sommar och jag var på västkusten. Då spelades den här sången på radion.

Av någon anledning tycks hjärnan fungera så att det finns ett särskilt minne för sång och musik. Många melodier vi hörde som barn sitter kvar hela livet. Ofta vet vi inte ens om att vi kan dem förrän vi blir påminda om det av att någon sjunger melodierna. Varje generation har "sin" musik och vi är relativt oförstående och okunniga om andra generationers sånger.

Vi knyter personliga minnen till många melodier och minns
därför både platser, personer och hur livet gestaltade sig just när
vi hörde den sången. Det är lite grann som att åka tidsmaskin!

Hågkomsterna kanske har trängts undan av senare händelser och
erfarenheter, men med hjälp av melodierna kan de komma upp
till ytan igen. En del forskare hävdar att vi egentligen inte
glömmer något alls. Allt finns kvar, men vi måste kanske ha
hjälp för att plocka fram det.

En tankegång som verkar stämma bra med verkligheten är
lökteorin. Den liknar en människas liv vid en löks tillväxt. Från
att ha varit ett litet frö lägger löken lager på lager under sin
växtperiod.

 På samma sätt lägger vi människor lager på lager av kunskaper
kring vår ärvda kärna. Så bygger vi upp vår egen personlighet
med unika minnen. När vi sedan blir gamla och glömska tappar
vi först bort det senast inlärda. Längst kan vi bevara minnen från
ungdomen och barndomen. Likt en lök skalas lager på lager av,
speciellt om man har drabbats av en demenssjukdom.

20

Trötthet

I dag ser Ruth ut att sova redan när jag kommer. Hon sitter i sin rullstol med huvudet lutat mot en liten blå kudde. Agneta går fram till henne, lägger armen om hennes axlar och säger mjukt:
– Sover du Ruth?
Ruth gläntar lite på ögonlocken…
– Är du trött, Ruth?
– Om jag vill ha kött? frågar Ruth lite förvånat.
– Nej, skrattar Agneta. Jag undrade bara om du var trött?
– Nej, inte för trött för att äta kött, svarar Ruth och sluter ögonen på nytt.

Axel som stått bredvid och lyssnat skakar bekymrat på huvudet, men säger inget. Nu är hela gruppen samlad. Axel, Linnéa, Astrid, Elsa, Märta, Svea, Siri, Ruth, Agneta och jag själv. Agneta har placerat Ruth närmast till vänster om mig för att hon ska kunna vara med så mycket som möjligt. Redan efter den första sången har Ruths ögonlock fallit ner och intagit normalt viloläge.
– Försök med en lite snabbare sång! säger Agneta.
Där gingo tre jäntor i solen
på vägen vid Lindane Le.
De svängde, de svepte med kjolen
och alla så trallade de.
Trallallalla…… [27]
Nu har vi alla med oss igen – utom Ruth, som fortfarande sitter med slutna ögon.
– En till! säger Agneta, som inte ger sig i första taget.

Jag vänder mig mot Ruth för att om möjligt skapa lite kontakt.
Bättre och bättre dag för dag...[28]
Fortfarande med slutna ögonlock säger nu Ruth:
– Det är ju nästan omöjligt att sova på det här viset!

Hemma spelar jag inte särskilt mycket, men någon gång ibland händer det faktiskt! Just den här dagen satt jag vid köksbordet med gitarren i famnen. Med ryggen mot mig stod min fru vid köksbänken och skar sallad. Tänk om jag skulle sjunga en sång i alla fall? Sagt och gjort.

Min älskling du är som en ros...[49]

Det här måste hon ju tycka var oerhört romantiskt, tänkte jag. Jag väntade på en kärleksfull kommentar från köksbänken, men det kom ingen. Lite besviken satt jag kvar vid bordet en stund. Då vände hon sig plötsligt emot mig. Hon mötte mina ögon och sa:
- Tog du ut soporna?

21

Vi mår bra av musik!

Musik har både sociala och biologiska effekter på oss människor. Vi mår helt enkelt bra av musik - men det ska vara musik vi tyckerom! Det ska också vara musik vid rätt tillfälle. Musik som vi inte tycker om eller påtvingad musik har en direkt motsatt effekt på oss. Den musiken mår vi inte bra av!

Alla människor påverkas av musik. Med hjälp av sång och musik kan vi väcka både sinnen och minnen. Ofta kan vi också nå människor som vi annars skulle haft svårt att få kontakt med. Musiken har en unik förmåga att ta sig förbi vårt sociala pansar och träffa vårt känsloliv. Därför är det viktigt att vi nalkas människor med respekt och ödmjukhet.

Vi människor är mottagliga för musik och kan minnas melodier redan på fosterstadiet. En gripande berättelse kring detta handlar om en pappa som brukade sjunga "Byssan lull" för barnet i magen. Så föddes barnet. Allt verkade normalt tills det plötsligt fick en hjärnblödning.

Barnet placerades i kuvös och kopplades upp till olika mätinstrument. Tillståndet försämrades och hjärnaktiviteten började avta. När ingenting mer tycktes kunna göras och hoppet egentligen var ute lutade sig pappan mot kuvösen och sjöng "Byssan lull". Och undret skedde! EEG-kurvan hoppade till, hjärnaktiviteten ökade och barnet överlevde.

Vi börjar skapa aktiva minnen av händelser i 3-4 årsåldern. Under barndomen och de tidiga ungdomsåren fyller vi sedan på med många livliga minnen, som är kopplade till musik. De här tidiga minnena är ofta förknippade med känslor av närhet och trygghet till föräldrarna.

De melodier som vi lärde oss som barn bär vi med oss hela livet. I 15-25-årsåldern formas mycket av vår vuxenidentitet. Här spelar musiken en mycket stor roll vid många avgörande händelser.

Starkast är ofta musikminnena kring förälskelser, lyckliga eller olyckliga. Längre fram i livet tycks det inte som om vi kan ta in så mycket mer musik. Vi har faktiskt annat att tänka på; barn, jobb, elräkningar och vad vi ska äta till middag t.ex.

22

Vad händer i kroppen?

Vad händer egentligen i kroppen när vi lyssnar till musik vi tycker om? Det är faktiskt en massa bra saker. Det vanligaste måttet är att studera pulsfrekvensen. Vid rätt sorts lugnande musik sänks pulsen - och vi slappnar av. Om vi istället lyssnar till glad och gärna också välbekant musik händer det andra saker med oss.

Först aktiveras flera centra i hjärnan - och det i sin tur leder till att andra delar av kroppen också stimuleras. Det sker en aktivering av kroppens endorfiner, en ökning av blodets koagulerbarhet och till på köpet en ökning av immunförsvarets aktivitet. Genom musikens förmåga att nå centrala hjärnfunktioner, även i en skadad hjärna, har sjukvården fått möjlighet att använda musik på flera olika vårdområden:
* inom demensvården
* behandling av strokepatienter
* behandling av förståndshandikappade personer
* smärtlindring och i samband med operationer

Det finns tydliga neurokemiska bevis för att känslomässiga reaktioner på musik också aktiverar hjärnans belöningssystem, enligt hjärn- forskaren Robert Zatorre. Dopamin är hjärnans egen glädjemolekyl. Det är ett "må-bra-hormon" som är kopplat tillhjärnans belöningssystem och ger oss lustkänslor. Dopaminet gör att vi mår bra och trivs med livet. Det påverkar humöret, sprider glädje, skapar lugn och motverkar depressioner. Det är till och med smärtstillande, koncentrationshöjande och aktivitetsstimulerande.

Dopaminet utsöndras till exempel...
i trevligt sällskap, om vi får mat när vi är hungriga, om vi får
värme när vi fryser, om vi får gå på toaletten när vi behöver det,
vid sex och andra former av kärlek, när vi klarat av en svår
uppgift, och många andra tillfällen när vi är riktigt nöjda med
oss själva!

- Finns det ett särskilt musikcentrum i vår hjärna?
- Nej, säger vetenskapen!
När vi lyssnar till musik aktiveras flera olika centra i våra
hjärnor. Ljudimpulsen når först thalamus som ligger djupt inne i
hjärnan. Härifrån skickas impulsen vidare till olika delar av
hjärnan. Hörselbarken, motoriska barken, sensoriska barken och
även synbarken berörs.

 Hippocampus - där vårt minne för musik och musikaliska
sammanhang aktiveras. Lillhjärnan - som bland annat
kontrollerar rörelser sätts också i arbete. Även känslohjärnan,
bland annat amygdala, får impulser och återkopplingar.

Det intressanta är att det också tycks finnas en speciell
snabbkoppling för musik som går direkt till känslohjärnan via
örat och thalamus. Den här genvägen berör inte vårt intellekt,
som värderar och återkopplar signaler från andra delar av
hjärnan.

Musik har alltså en unik förmåga att ta en genväg in till vår
känslohjärna - utan att besvära vårt intellekt i någon högre grad.
Det betyder att även om våra hjärnor är lite skadade (av demens
eller stroke t.ex.) träffar musiken vår känslohjärna utan att
beröra intellektet. Via den här genvägen kan musiken nu
aktivera många hjärnfunktioner som vi inte skulle ha nått om vi
gått den långa vägen.

23

Ruth

Som ni vet är det inte ofta som Ruth ser pigg ut när jag kommer, men idag är hon med på noterna vill jag lova!

Anledningen är nog att hon sovit bra i natt och att vi börjat prata om Alice Tegnér runt bordet. Som liten flicka har Ruth lekt med Alice Tegnérs barn i Tullinge strax söder om Stockholm. Lägg därtill Ruths gedigna musikutbildning och goda musiköra så förstår nog alla att hon under rådande omständigheter är ovanligt vaken.

Ja, då är det väl inget som hindrar att vi sjunger en visa av Alice Tegnér? Sagt och gjort...

När lillan kom till jorden... [29]

Vi sjöng förstås alla fyra verserna! Det är faktiskt oerhört roligt att få chansen att kunna glädja någon med en visa som har en verkligt personlig anknytning.

– Vi tar den en gång till! sa Ruth när vi sjungit färdigt.

Det är just det här som är så fantastiskt, tänkte jag. Här sitter jag tillsammans med en bit av vår svenska musikhistoria. Ruth, som säkert har sjungit *Majas visa* tillsammans med Alice Tegnér och hennes barn – hon vill höra oss sjunga den igen!

– Vi tar den en gång till, sa Ruth, men vi sjunger den vackert den här gången!

Jodå, vi tog den en gång till. Om det blev så mycket vackrare den här gången vet jag inte. Ruth ville i alla fall inte höra den

ytterligare en gång, men vad det berodde på kanske vi ska lämna
därhän.

Efter sångstunden anförtrodde Agneta mig att hon börjat spela
gitarr lite grann. Ett par ackord bara.. det vore så kul att kunna
spela ibland, alla här kan ju så många sånger.

En kväll jobbade hon extra, berättade hon, och då tog hon med
sig gitarren till Vitsippan. Hon satte sig i köket tillsammans med
Astrid och Svea och försökte sig på några av de sånger vi brukar
sjunga tillsammans. Det gick så där... sa Agneta.

Ruth satt i vardagsrummets mjuka soffa och halvslumrade. Från
köket hördes Agnetas gitarrknäppningar in till vardagsrummet,
men Ruth tycktes inte reagera till en början. Men när så Agneta
gav sig på *Jungfrun på Jungfrusund* i D–dur brast det slutligen
för Ruth. Sångens inledning fick passera oanmärkt, men när
Agneta kom fram till:
Jag hållit i mina armar... och tyvärr höll kvar D–ackordet lite
för länge kunde inte ens den oftast så tålmodiga Ruth hålla sig
längre:
– Men lilla vän, du måste ha ett G där!

Respekt! Ruth minns inte längre var hon bor. Hon kommer inte
ihåg sina två flickor, men att man inte kan undvara ett G–ackord
på rätt ställe i *Jungfrun på Jungfrusund* är fortfarande med i
hennes medvetande.

24

Om barnen

Det är bara min pojke som går i takt! sa gumman när hon stolt stod på trottoaren och såg hur regementet marscherade förbi. Egna barn och andras ungar... jag är på väg till Vitsippan igen. Medan vinterlandskapet glider förbi utanför bilfönstret låter jag tankarna fara. Det här är min bästa tänkartid! Jag har nästan en timme på mig att fundera över livet. Den chansen låter jag sällan glida mig ur händerna.

Idag funderar jag alltså kring barn och över hur vi som föräldrar älskar våra barn över allt annat. För ett par år sedan såg jag en film som handlade om ett barn med en alldeles speciell sjukdom. Den gjorde att barnet åldrades mycket snabbare än normalt. Det här var en pojke som skulle börja i skolan, men han såg redan ut som en liten vuxen. Självklart förstod föräldrarna att de andra barnen inte skulle vara snälla mot honom som såg så annorlunda ut. Så när pojken skulle gå till sin första skoldag tog hans mamma till orda:
- Om något barn i skolan retar dig eller gör dig ledsen, vet du vad du ska göra då?
- Nej, sa pojken.
- Jo, då säger du till din fröken! Sedan ringer hon hem till oss och då kommer vi till skolan och dödar alla som varit elaka mot dig!

Låter det hårt? Kanske, men så här känns det! Ett annat exempel på moderskärlek:

Tänk er in i scenen: En personalchef, ett skrivbord och en
arbetssökande ung man. Personalchefen lägger ett nyss läst
dokument framför sig på skrivbordet.

– Det var verkligen ett fint betyg! sa han. Jag har arbetat som
personalchef i över trettio år och jag har aldrig sett ett bättre
omdöme om någon arbetssökande tidigare! Har du möjligen
något annat betyg än från din mamma?

25

Axel

Det var en gång en sjöman...
Axel skruvar lite på sig.
...med mössan käckt på svaj.
Han hette Axel Öman, han hade blå kavaj.
I kärlek rikt begåvad, hans älskling hette Maj.
Hon var förut förlovad med en som var malaj. [30]
– Det är väl roligt med en egen sång, Axel? säger Agneta. Har du varit till sjöss?
– Ja, kanske det du! säger Axel i en ton som visar att vi kommit lite för nära.

Annars är det anmärkningsvärt hur många som minns just den här sången. Alla vet att Axel heter Öman i efternamn, att han hade mössan käckt på svaj och att han hade blå kavaj. Att hans älskling hette Maj har inte heller undgått någon – inte ens att hon tidigare varit förlovad med en malaj!

Sången skrevs redan 1922 och borde tillhöra de sånger som sjunkit till botten i det hav av sånger som kommit till sedan dess. Men Axel Öman seglar lugnt vidare och lever fortfarande kvar i minnet hos tusentals människor i Sverige. Det är bara första versen och refrängen som alla kan utantill. I nästa vers kommer han tillbaka och bjuder då på fester med vin och äppelpaj. Så långt är allt gott och väl men när han svär trohet i maj och sticker i väg igen redan i juni börjar han faktiskt kännas en aning opålitlig.

Och mycket riktigt! Han lämnar barn och maka och far till Paraguay. Hemma går hans älskade Maj och funderar på att

dränka sig i sin sorg. I sista versen får han också sitt straff – han slöks utav en haj. Ty:
... så går det varje sjöman allt uti blå kavaj
som var så falsk som Öman var mot sin älskling Maj!

– Det var banne mig rätt åt honom! sa Svea.
– Det borde drabba fler! sa Agneta sammanbitet. Nu sjunger vi något man blir glad av i stället!

Ibland när jag väljer visor som jag tror går hem känner jag mig väldigt tråkig och begränsad. Hur ska vi få med Axel mer i sången? Han deltar ju på sitt sätt, men musiken verkar inte nå honom - förrän plötsligt det händer! Jag har tagit med mig ett häfte med Evergreens. Här är visserligen de flesta sångerna på engelska men det är ju en helt annan puls i den här musiken. Så varför inte satsa på en gammal standardlåt som *Whispering*?

Whispering while you cuddle near me...
Axel rycker till och ser mig rakt I ögonen.
Whispering so no one can hear me...
Nu kommer båda händerna upp på bordet, men han börjar inte sjunga.
Each little whisper seems to cheer me...
Nu börjar han spela! Fingrarna far fram och tillbaka over bordet, precis som om det vore ett piano.
I know it´s true, there´s no one dear but you....
Axel ser alldeles lycklig ut och avslutar *Whispering* med att elegant dra med pekfingret upp over diskanten.
- Där satt den! Den har jag spelat många gånger, sa Axel.

Jaha...därför sjunger inte Axel. Han spelar. När låtarna är för tråkiga tappar vi bort honom. Jag tittar bort mot Agneta:
- Fler?
- Kör hårt!

Så det blev *Alexander's Ragtime Band*, *On The Sunny Side Of The Street*, *Smile* och *Walking My Baby Back Home* också.
- Dags att skaffa ett piano till Axel kanske, sa jag till Agneta efter sångstunden.
- Jag ska prata med chefen!

Fortsättningen på historien blev att det faktiskt införskaffades ett keyboard med 54 tangenter, men tyvärr inget piano. Varje gång Axel kom in i rummet och fick syn på det nya instrumentet lyste han upp och sa:
– Åh! Ett piano!

Så slog han sig ned och började spela. När han kommit igång med spelandet gjorde han sina vanliga löpningar över tangenterna men hamnade då snabbt utanför klaviaturen med högerhanden. Keyboardet var inte lika omfångsrikt som ett riktigt piano och tangenterna räckte helt enkelt inte till! Axels högerhand spelade vidare med fingrarna mot bordsskivan. Han tittade fundersamt på keyboardet och skakade på huvudet. Sedan dröjde det inte länge förrän han helt slutade att spela och snart därefter ställdes instrumentet undan.

26

Tar du min gitarr?

Ibland händer det saker man förmodligen bara får vara med om en gång i livet. Efter en av våra sångstunder på Vitsippan ska jag just till att stoppa ned gitarren i fodralet.

– Tar du min gitarr? frågar Linnéa i en förorättad ton.

– Nej, det här är faktiskt min gitarr, sa jag lite lamt.

– Linnéa, din gitarr finns i garderoben inne på ditt rum, säger Agneta.

– Jaså, säger Linnéa, förlåt så mycket då!

– Det gör inget, säger jag, jag visste inte att du också spelade?

– Ska jag hämta din gitarr, Linnéa? frågar Agneta.

– Ja, om du vill, svarar Linnéa.

– Har du tid? frågar Agneta.

Det är klart att jag har tid! Agneta försvinner en stund och återkommer med en gammal Levingitarr – med alla strängar på!

– Här är din gitarr, Linnéa!

– Den stämmer nog inte, säger Linnéa.

Jag stämmer gitarren lite snabbt, den var inte så ostämd som jag hade befarat. Så räcker jag över gitarren till Linnéa.

– Vad ska vi ta, tycker du?

– Vi gå över daggstänkta berg, säger Linnéa.

– Vi tar den väl i D? säger jag och greppar ett D–dur ackord.

Linnéa tittar på mina fingrar och tar sedan också ett klockrent D på sin gitarr. Det här brukar ta både veckor och månader att lära sig även för den som är ganska ung. Så kör vi igång. Linnéa släpper inte min vänsterhand med blicken, men när vi byter till A7 hinner hon inte med.

– Vi tar den en gång till från början, föreslår jag.

Samma sak händer igen. Linnéa ser olycklig ut, men säger inget.

– En gång till säger jag. Nu fortsätter vi bara!

Den här gången släpper Linnéas blick min vänsterhand.
I stället blundar hon och bryr sig inte alls mig. Och nu! Nu byter
hon hur enkelt och självklart som helst till både A7 och G och
tillbaka till D igen. Vi spelar hela första versen tillsammans hur
enkelt som helst.

När vi kommer till andra versen sjunger jag vidare och Linnéa
övergår nu till trallstämman som hör till sången. Det är helt
makalöst!

Vi gå över daggstänkta berg, fallera
som lånat av smaragderna sin färg, fallera.
Och sorger har vi inga
våra glada visor klinga
när vi gå över daggstänkta berg, fallera.

De gamla, de kloka må le, fallera
vi äro ej förståndiga som de, fallera.
För vem skulle sjunga
om våren den unga
om vi vore kloka som de, fallera! [31]

27

Meningen med livet

Det vore mig fullständigt främmande att sprida falska rykten och förmedla osanna historier. Därför känns det bäst att redan från början berätta att följande anekdot möjligen inte är sann. Men den är intressant ändå!

Den utmärkte sångaren Peter Jöback blev en dag uppringd av en kvinna som nyligen blivit änka. Hon undrade nu om Peter kunde tänka sig att sjunga på makens begravning.
– Är det någon särskild sång som önskas?
Då berättade damen att hon sökt länge efter en speciell sång. Hon visste inte vad den hette, men texten var väldigt vacker. Den handlade om den korta tid vi har här på jorden. Vi lever ju bara en liten tid. Ofta är den fylld med både möda och besvär. Ändå talade visans text om att vi skulle försöka vara glada under den tid vi har.

– Det låter ju väldigt bekant, funderade Peter. Få se nu, en liten tid vi leva här ... med mycket möda och besvär... Hm, men det är ju Hej, tomtegubbar! Den kanske inte passar så bra på en begravning?

Nej, det blev inte *Hej tomtegubbar* på begravningen. Men så långsökt är det faktiskt inte. Sångens text bygger direkt på en vers i bibeln, närmare bestämt Predikaren 5:17 i Gamla testamentet.

Se, vad jag har funnit vara bäst och skönast för människan,
det är att hon äter och dricker och gör sig goda dagar

vid den möda hon har under solen, medan de livsdagar vara,
som Gud giver henne; ty detta är den tid hon får.

Jämför vi Predikarens text med Hej tomtegubbar finner vi
påfallande likheter, eller hur?

Hej tomtegubbar slå i glasen
och låt oss lustiga vara!
En liten tid vi leva här
med mycket möda och stort besvär.
Hej, tomtegubbar slå i glasen
och låt oss lustiga vara! [32]

Raka motsatsen till det sympatiska budskapet i Predikartexten
och Hej tomtegubbar finner vi i en religiös sekt någonstans i
Sverige. Alltför många människor anser ju att alla former av
livsnjutning är av ondo. Man skall inte låta sig frestas av
djävulen!

I en liten ort i Norrland fanns det ett konditori som bakade de
godaste wienerbröd man kan tänka sig. Om de dessutom åts
medan de ännu var varma var de faktiskt rentav syndigt goda!
Folk kom långväga ifrån för att smaka på de berömda
wienerbröden. Närmast till konditoriet hade ett par medlemmar i
den religiösa sekten. Jodå, de handlade också wienerbröd.
Sektens medlemmar ville dock inte unna sig upplevelsen av
färska, varma wienerbröd. De lät helt enkelt wienerbröden ligga
framme ett par dagar. Då blev de stela och hårda och därmed
kunde de så småningom ätas utan någon större njutning.

Var och en blir salig på sin tro...

28

Kom hjärtans fröjd!

Agneta är närvarande i dag, men bara kroppsligen verkar det som. Hennes tankar vandrar på andra stigar – precis som om de vore diktrader i finska folkvisor. Det gör mig lite sorgsen att se henne så här och det färgar förstås av sig på våra sångstunder också. Så i dag börjar vi i moll:

Uti vår hage där växa blå bär,
kom hjärtans fröjd
Vill du mig något så träffas vi där
kom liljor och akvileja,
kom rosor och salivia
kom ljuva krusmynta,
kom hjärtans fröjd. [33]

– Vad är det för blå bär som växer i hagen? frågar jag.
– Det är väl blåbär? säger Astrid.
– Det växer väl inga blåbär i hagen! säger Axel.
– Nej, det gör det kanske inte... säger Astrid
– Kan det kanske vara slånbär? föreslår Agneta efter en stunds tystnad runt bordet.
– Nej, säger Svea, det är det inte! Jag vet vad det är!
Agneta tittar nu nyfiket på Svea.
– Vet du? Vad är det för bär då?
– Det är Salmbär, säger Svea lite stolt. Visste ni inte det?
De växer nästan bara på Gotland. Man gör sylt av dem och sedan äter man sylten till gotländska saffranspannkakor.
– Vad du kan! Utbrister Agneta imponerat. Hur vet du det här?

– Jo, på somrarna bodde vi på Gotland när jag var barn, det är
därför jag vet det.

Uti vår hage är en mycket gammal visa som alla runt bordet har
fått lära sig i skolan om deras lärare har skött sig. Visans
omkväde är mytomspunnet. Uppräkningen av blommor är enligt
en tradition recept på preventivmedel. På Gotland var gårdarna
stora och man ville inte dela upp ägorna vid arvsskiften. Det
gjorde att det förr i tiden föddes mycket färre barn på Gotland än
till exempel i Dalarna. Barnantalet måste helt enkelt hållas nere
för att gårdarna skulle behålla sin storlek och sitt värde. I
Dalarna var marken inte lika värdefull. Här styckade man ibland
ägorna så att de till slut blev så smala att man kunde hoppa rakt
över en äga för att landa på nästa.

Tyvärr tycks blandningen av liljor, akleja, rosor, salvia,
krusmynta och hjärtans fröjd (Citronmeliss) inte fungera riktigt
bra som preventivmedel. Jag vet inte om det finns någon
vetenskaplig studie i ämnet. Någon gång har jag försökt få
personal på andra ställen att pröva, men ingen har velat delta i
studien. Det kanske är lika bra det.

Det var en bra dag för Svea i dag. Jag ser hur hon växer i rollen
av att kunna något som vi andra inte kan. Det gör mig riktigt
glad!
Men Agneta då?
Ja, hennes tankar har börjat vandra igen och med en lite
frånvarande blick säger hon:
– Hej då! och vi ses igen nästa vecka!

Och det gör vi nog...

29

...fått färg-TV i huvudet

Som vanligt känns det i luften redan när jag kliver in på Vitsippan. Agneta är sjuk igen! En lite dov och oengagerad stämning vilar över avdelningen. Astrid har inte stigit upp än, Ruth är i duschen och Axel är kvar på sitt rum. Det brukar han vara när Agneta är borta.

- Det blir vi två igen! säger praktikanten. Agneta är hemma och är sjuk. Vi får göra så gott vi kan!

Sent omsider samlas vår lilla gruppspillra i köket. Ruth är nyduschad, Astrid, Svea och Siri får hjälp att placera sig runt bordet. Det ser lite glest ut. Men Linnéa då? Var är hon?

- Linnéa är på ingång! hör jag Mona hojta i korridoren, håll alla hästar!

Och här har vi henne till slut - glad och positiv som vanligt.

- Du förstår, säger Mona till mig lite diskret, vi får knappt upp Linnéa ur sängen längre på morgnarna. Det är bara när du kommer som hon vill opp.

- Du snackar! svarar jag.

- Nej, det är säkert! Skam till sägandes har vi använt dig någon gång när vi måste ha opp henne till läkarbesök eller frissan. Anders kommer! säger vi - och då blir det fart på henne! Hm, det börjar bli dags för en etisk diskussion kanske, men den tar vi inte idag. Vi börjar sjunga i stället!

Jag vet en dejlig rosa och vit som liljeblad
när jag på henne tänker så görs mitt hjärta glad.
Dess stämma ger en hjärtans tröst
likt näktergalens blida röst
så fager och så ljuv. [34]

Nej, hur kul är det här? Alla runt bordet ser hopsjunkna ut. Vad är det med Agneta? Varför är hon sjuk så ofta? "Det är ingenting" brukar hon säga när jag någon gång har undrat. Ibland är man lite krasslig bara, det är väl inget märkvärdigt med det. Du är väl också sjuk ibland? Jo, det stämmer väl, men snart vore det intressant att se ett sjukintyg.

- Nu kommer jag plötsligt att tänka på en sak, säger jag.

Går det inte med musik kanske en historia kan lätta upp stämningen?

- Under min tid på Posten fanns det en bryggvakt som alltid hade mycket fantasifulla anledningar till sin sjukfrånvaro. Vi brukade gå in till förmannens kontor och smygtitta på hans sjukanmälan så snart vi fick ett tillfälle. En gång, säkert en måndag, var han som vanligt borta. Vi smög in på kontoret och fick se hans lapp på skrivbordet. "Fått färg-TV i huvudet" stod det som sjukdomsorsak.

Hur kunde han få en färg-TV i huvudet? Jo, det fick vi veta när han kom tillbaka. Så här var det; han själv och hans fru låg i sitt sovrum på övervåningen. Då hörs plötsligt ett buller från vardagsrummet. Bryggvakten, som var en gammal boxare, gick nedför trappan med smygande steg. I näven höll han en eldgaffel. När han kom ned fick han se en inbrottstjuv stå med hans nyinköpta färg-TV i famnen. Med ett tjut slängde han TV:n rakt i huvudet på bryggvakten och smet sedan ut genom balkongdörren.

- Så kan det gå, sammanfattar jag. Man kan vara sjuk av många olika orsaker.

- Varför säger du färg-TV? frågar praktikanten.

Jo, därför att...

Vad gammal jag känner mig plötsligt!

30

Ellinor

Praktikanten heter Ellinor. Vilket bra namn! Eftersom Agneta är borta lite då och då blir det Ellinor och jag som har ansvar för sångstunderna. Problemet har ju varit att hon inte kan några sånger alls som vi andra kan. Lösningen verkar glädjande nog vara det växande intresse för sångerna som Ellinor visar.

Varför är Ellinor ett bra namn? Jo, därför att hon har flera visor som är tillägnade henne. Ja, inte henne personligen förstås, men eftersom Evert Taubes dotter hette Ellinor så finns det lite att ta av. Taube hade faktiskt också en båt som hette Ellinor. Båten dyker också upp i några visor. Tänk om vi skulle börja med en sång av Evert Taube idag? Men vi tar ingen Ellinor-sång först. Nej, vi tar något som alla känner till.
Flickan i Havanna ... börjar jag.
... hon har inga tänder! kvar fyller Axel på med.

I dag är inte Axel särskilt välvilligt inställd till oss andra, verkar det som. Trots allt väljer han i alla fall att sitta med vid bordet, om än med en air av irritation omkring sig. Han saknar nog Agneta.

Flickan i Havanna, hon har inga pengar kvar
sitter i ett fönster, väntar på en karl... [35]
- Ja, vem väntar inte på en karl? säger Astrid.
- Du har ju en här, säger Axel.
- Skämta inte så grovt! svarar Astrid.

Man kan ju inte gärna begära att en tjugoåring ska känna till Evert Taubes, Lasse Dahlquists och Harry Brandelius skivinspelningar från 1930- och 40-talen. Det är ju faktiskt 60-70 år innan hon föddes! Vilka sånger kan jag själv från slutet av 1800-talet, kan man ju undra, det är inte så många...

Så snart jag träffar på någon riktigt ung person i äldreomsorgen brukar jag fråga lite grann om deras musikintresse. Det brukar gå bra. Den här gången får jag möjlighet att prata lite med Ellinor medan vi rättar till stolarna runt bordet efter sångstunden.
- Jo, du, börjar jag. Får jag fråga hur gammal du är?
- Visst, jag fyller 21 i september!
- Brukar du köpa CD-skivor?
- Nej, det gör jag aldrig.
- Har du någon CD-spelare hemma?
- Ja, men den använder jag aldrig. Jag har Spotify i både datorn och mobilen.
- Känner du igen några av alla sånger vi sjungit här?
- Inte först, men nu börjar jag faktiskt kunna en del!
- Men Evert Taube hade du aldrig hört talas om innan du kom hit, och inte Bellman heller?
- Nej, det hade jag inte. Det är faktiskt lite synd. Det skulle vara bra att kunna lite fler sånger som alla andra här på Vitsippan tydligen kan! Några av de sånger du sjunger nästan varje gång kan jag nog nu.

Det här är framtiden. Jag unnar mig ändå ett visst hopp!

31

Vårfest

Klang och jubel! Tulpaner från Amsterdam och Vårvindar friska! Vi har vårfest på Vitsippan - och Agneta är tillbaka! Nu ska vi äta landgång med ägg, räkor, skinka, sallad, sill och nubbe för den som vill! Axel tittar redan längtansfullt mot de spetsiga glasen som är placerade upp och ner mitt på köksbordet.

- Vi äter först, säger Agneta. Sedan sjunger vi lite vårsånger och så avslutar vi med kaffe och tårta. Blir det bra, tycker ni?
- Kaffe och konjak menar du väl? säger Axel.
- Nej, Axel, jag menar faktiskt kaffe och tårta. Du får nöja dig med nubben till sillen!

Av någon anledning verkar inte Astrid nöjd i dag, trots vårfesten. Hon sitter bredvid Svea i soffan och ser inte alls ut att vara tillfreds med tillvaron.
- Trivs du här? frågor hon Svea.
- Ja, jag trivs mycket bra, svarar hon.
- Det gör inte jag!
- Nehej?
- Jag vill hem!
- Det vill inte jag, jag vill vara kvar här!

Så blir det tyst en stund. Astrid ser sig misslynt kring i rummet. Hon verkar nästan leta efter något att klaga på. Blicken far runt men till slut tröttnar hon och hon vänder sig på nytt mot Svea med en uppfordrande min.
- Trivs du här?

- Ja, det gör jag, svarar Svea, titta vad fint vi har det här!
- Ja, jag trivs inte här.
- Nehej.
- Jag vill hem!

Damernas konversation avslutas med den vanliga tystnaden och vi tar alla plats runt bordet. Inte för att sjunga den här gången, utan för att äta de goda landgångarna som köket har gjort i ordning åt oss. De är verkligen väldigt goda!
- Vad tycker ni? säger Agneta. Visst smakar det gott?
Astrid rynkar på näsan.
- För det första... börjar hon. När man serverar en landgång ska man skära bort kanterna! För det andra vore det ju trevligt att *någon* gång få färska räkor i stället för burkräkor!

Det är trevligt med en liten vårfest då och då! Våren är ju också en årstid som fått många visor. *När det våras ibland bergen* sjunger vi ofta annars också, men den vore det väl nästan synd att missa idag?

När det våras ibland bergen...[36]
Som genom ett trollslag ändras nu Astrids sinnesstämning. Borta är kritikern och fram tittar vår vanliga, vänliga Astrid! Av bara farten fortsätter vi med *Hör hur västanvinden susar*, *Vintern rasat ut* och till sist *Det är våren* som passar förstås extra bra idag!

- Tack för idag, det var jättetrevligt att få komma hit! Avslutar jag med och reser mig från bordet med en snabb blick upp mot lampan som jag slagit i huvudet ett par gånger.
- Nej, det är jag som ska tacka, plirar Astrid, det är ju herrn som har haft det största besväret!

32

Skilsmässan

- Jag måste få prata med dig en stund efter sångstunden!
Agneta ser bestämd ut och då är det nog något allvarligt på gång. Men vad? Kan hon vara sjuk på något sätt? Jag lutar gitarren mot en fåtölj och lägger väskan på bordet.
- Gäller det våra sångstunder?
- Nej, nej! Agneta skakar på huvudet.
- Du är väl inte sjuk?
- Inte alls!
- Vad är det då?
- Vi tar det sedan, efter sångstunden. Jag borde inte ha sagt något nu!

Vi har en ganska avslagen sångstund. Den lyfter aldrig. Jag vet inte hur mycket det märks utåt, men för mig är reaktionerna från gruppen runt bordet helt avgörande för hur sångstunden lyckas. Jag vill ha skämt, sånger och roliga kommentarer. Allra bäst tycker jag det är när jag själv kan ligga lite lågt och låta andra komma till tals. Men i dag får jag dra hela lasset själv. Efter varje sång sitter alla tysta och väntar på nästa. Ingen säger något. Agneta försöker få fart på gruppen men det känns inte riktigt rätt. Vi slutar lite tidigare än vi brukar.

Inne på Agnetas rum finns det ett skrivbord, en säng, en bokhylla och en fåtölj. Framför skrivbordet står en stol. Agneta tecknar åt mig att sätta mig, själv sätter hon sig bakom skrivbordet. Hon lutar sig fram mot mig med händerna hårt knutna mot varandra och armbågarna mot skrivbordet. Så sänker hon huvudet mot sina knutna nävar.

- Vi ska skiljas! säger hon.
- Ska vi? svarar jag, idiotiskt nog.
- Inte vi!!! Jag och min man förstås!
- Jaha!

- Alla andra här vet redan om det, men du kanske har undrat?
- Nej, jo, men jag tänkte att du kanske var sjuk?
- Nej, jag är inte sjuk, men jag är förbannad och ledsen! Det är inte mitt initiativ heller. Men det var jag som tog beslutet!

En stunds tystnad, så fortsätter hon:
- Det här kommer inte att påverka våra sångstunder! Det vill jag att du ska veta. Nu blir jobbet ännu viktigare för mig i fortsättningen. Jag måste kanske till och med jobba lite mer för att få det hela att gå runt. Om jag inte får mer i lön förstås, vilket jag inte får!

Agneta reser sig från sin plats bakom skrivbordet.
- Så är det, säger hon. Nu vet du.
När vi skiljs får jag en kram och ett lite sorgset leende från Agneta. Hur kan man vara så dum att man lämnar en tjej som henne? Stor sinnesunderökning eller deportation till Sibirien, far det genom huvudet på mig. Om min mormor hade levat skulle hon ha sagt:
- Han är så dum att Gud lipar!

Två barn har de ju också!

33

En gammal Ford och en naken karl

För den som inte har förstått det redan tycker jag att Agneta är ett riktigt proffs. Trots att hon måste gå igenom en oerhört jobbig tid nu låter hon det inte påverka gruppen och våra sångstunder. Snarare känns det som om en spänning har lättat. Agneta är återigen elden som alla på Vitsippan kan värma sina frusna själar kring.

För många år sedan läste jag i en tidning om begreppet *charm*. Vad är charm egentligen och vad kännetecknar en människa med charm?

Jo, menade skribenten, en person med charm får andra i sin närhet att må bra. För mig är Agneta själva definitionen av ordet charm. Hur kan någon vara så osannolikt dum att frivilligt lämna denna kvinna?

Nu försöker vi samla ihop oss igen!

- Där hemma på vår gård, frågar jag, vad står det där?

- Är det inte en gammal Ford? föreslår Svea.

Jo, visst är det det!

Där hemma på vår gård
där står en gammal Ford
utan hjul och utan däck
och motorn den är väck!

Och tittar man där bak
så har den inget flak
och tittar man där förarn satt
så finns det ingen ratt!

Den går på terpentin
och smör och margarin
den går som en trumpetraket
i Johanssons staket.

Och Johansson kom ut
med bössan full med krut
se´n så minns jag inget mer
så nu är visan slut! [37]

- Hemma hos oss stod det Fordar uppallade lite här och där på gårdarna, sa Axel. Det var under kriget och armén ville ha hjulen till sina vagnar, fast motorerna lämnade de faktiskt kvar!

Där ser man! Den här visan har jag kunnat i hela mitt liv utan att veta något om att den hade en verklighetsbakgrund. Den här då? Nu sjunger jag inte utan visslar melodin för att se om det är någon som hakar på. Elsa, Axel, Astrid, Ruth och Svea ger inga reaktioner alls ifrån sig. De sitter bara tysta och lyssnar. Hos Siri börjar ett småleende växa fram. När jag slutat vissla sjunger hon själv:

Under Paris broar ligger en naken karl
där har han legat i sjuhundra år utan en kaffetår! [38]
- Ja visst ja, säger Svea, så sjöng vi ju!

- Nej, säger Axel, vi sjöng:
Bakom en lagårdsdörr älskar du mig som förr?

Det är nästan synd på en så fin melodi som Sous les Ponts de Paris, men ganska kul också faktiskt. Dessutom får ju melodin chans att leva vidare lite längre. Nästa vecka ska vi nog sjunga om koskit, tror jag.

34

Kom ska jag kasta koskit på dej!

Det är inte ofta jag vet vilken sång jag ska inleda med, men idag
känns det helt rätt med den här.
Nu är det sommar, nu är det sol,
nu är det blommor och blader
och granner lyser varenda kjol
båd' pojk' och flicka är så glader!

Hejsan, jag är så innerligt glad
så att jag kunde springa åstad
kyssa en tjugo flickor i rad
utan att tappa andan! [39]

- Du, var det där verkligen rätt text? frågar Axel. Inte för att jag
tänker sjunga, men jag har hört något helt annat!
- Det förvånar mig inte alls, sa jag. Hur var den då?
- Jag tänker inte sjunga, sa Axel, men det handlade om koskit!
- Jag vet, sa Siri. Så här är det, tror jag.
Nu är det sommar, nu är det sol,
nu är det koskit i hagen.
Tjo litta litta tjo litta lej
kom ska jag kasta koskit på dej!
Tjo litta litta, tjo litta lej
kom ska jag kasta mera!
- Just det, sa Axel och dunkade knytnäven i bordet. Så var det!
- Är det någon här som kommer från landet? frågar Agneta.
- Ja, mina föräldrar hade gård, sa Svea.
- Hade ni djur?

- Ja visst, vi hade både höns och kor. En häst hade vi också. På somrarna gick vi barfota genom hagen och letade upp färska komockor!
- Som ni kastade på varandra? frågade Agneta.
- Nej, som vi klev i förstås! Det var härligt skönt att trampa med foten i en alldeles färsk komocka och känna hur det sipprade upp mellan tårna!

Axel tittar med avsmak på Svea och jag väntar bara på en dräpande kommentar, men den uteblir. Egentligen är det synd om den här visan! Den sjöngs på sin tid in på skiva av Jussi Björling och hans bröder. Ja inte koskitsvarianten förstås, utan den riktiga. Den heter i original *Min egen lilla sommarvisa*, men lever vidare som koskitsvisa. Ett liknande öde har också drabbat visan om Kalle P. Den sjöngs av Sigge Wulff på Berns i Stockholm. Länge levde den vidare som nidvisa medan den ursprungliga texten för länge sedan är bortglömd av de allra flesta.

Vill ni se Kalle P.
världens störste skojare?
Ingen kan såsom han
vända byxan bak och fram! [40]

Nu börjar till och med nidvisan tappa mark. Det är lite trist att den är bortglömd, tycker jag. Originalversionen har faktiskt in sjungits med bravur av både Gösta Ekman och Jan Malmsjö!

Ur led är tiden!

35

Utantill

Varför kan gamla människor så många sånger utantill? Beror det på skolan? Vilken musik kommer vi själva att minnas när vi blivit gamla? Vem vet? Inte du. Vem vet? Inte jag... Det verkar som om den musik vi minns bäst när vi blir riktigt gamla är de sånger vi hörde i barndomen och i skolan. Den här musiken valde vi inte själva. Det var föräldrar, lärare och andra vuxna som bestämde över vår musikvärld. Därför skulle man kunna säga att det här är vårt musikarv – den del av vår sångskatt som vi har gemensam med vår föräldrageneration.

Ungdomsårens musik intar en särställning i vårt musikaliska minne. Det är nu de allra flesta av oss aktivt börjar välja sin musik. Just den här musiken vi mötte i ungdomen blir en viktig del av vår personlighet. Det känns som om det är vår egen musik – även om vi vet att vi delar den med många andra som råkade vara unga just när vi själva var det!

Den generation barn som föddes i början av 1900–talet är nu över 100 år. De flesta i den här generationen är förstås borta i dag, men hundraåringarna blir fler och fler! Nästan alla gick i sexårig folkskola och fick lära sig både psalmverser och andra sånger utantill. De var bara ungdomar när Sveriges Radio började sina utsändningar 1925. Under 1920–talet var Ernst Rolf den store revykungen i Sverige. Andra namn på allas läppar var Karl Gerhard och S–O Sandberg.

De som är födda 1920 tillhör en generation som gick i skolan i slutet av 20–talet och början av 30–talet. Skolan förändrades inte särskilt mycket under de här åren. Det är fortfarande utantilläxor och tragglandet med psalmverser som gäller. Men populärmusiken då? Ja, 1935 fyller den här generationen femton år. Ernst Rolf–epoken är över, men nya artister lyser nu upp schlagerhimlen; Edvard Persson, Ulla Billquist, Harry Brandelius och Lasse Dahlquist.

Det andra världskriget slutade i maj 1945. De som var födda 1930 fyllde 15 år just det här fredsåret. Nästan alla utländska melodier som når Sverige får en svensk text. Få svenskar får lära sig engelska i skolan. Povel Ramels KnäppUpp–revyer, Alice Babs, Ulf Peder Olrog och Evert Taube sätter sin prägel på det här decenniet.

Så flyttar vi fram 10 år till! De som föddes 1940 fyllde 15 år 1955. Nu har skoltiden förlängts. De flesta går 8 eller 9 år i skolan. Fortfarande får många skolbarn lära sig både dikter, psalmer och andra sånger utantill. Gösta "Snoddas" Nordgren och Owe Thörnqvist slår igenom via radio och grammofon. Och så förstås: Elvis Presley!

Är du född 1950? Då var du 15 år när Cornelis Vreeswijk sjöng I natt jag drömde tillsammans med Ann–Louise Hansson och Fred Åkerström. Under 60–talet upplever vi en visvåg och många sjunger svenska texter. Från England kommer det nya popimpulser: The Beatles!
De som är födda 1960 kan knappast ha undgått att höra ABBA sjunga Waterloo. Alla kan säkert Här kommer Pippi Långstrump och Idas sommarvisa, eller hur? Det här är en tid när få engelska texter översätts. Dessutom börjar många svenska textförfattare skriva sångtexter på engelska.

Om du föddes 1970 var du 13 år när Carola vann schlager-festivalen med Främling. Plötsligt var Sverige fullt av små–

Carolor som mimade framför spegeln med en hårborste som mikrofon.

1994 slog Lisa Ekdahl igenom med dunder och brak. Hennes *Vem vet* spelades på alla radiokanaler som fanns. Nu har vi redan kommit en bit in på 2000–talet. Generationer kommer och går... Vad kommer de nya generationernas ungdomar att bära med sig för musikskatt? Kommer Evert Taubes visor att sjungas 2075? Sjungs *Idas sommarvisa* och *Den blomstertid nu kommer* vid skolavslutningarna?

Ja, vem vet?

36

Den kalla spättan

- Idag smiter jag i väg lite tidigare från sångstunden, säger Agneta. Det är dags för lönesamtal igen och det är inget kul alls!
- Du talar bara om hur duktig du är! säger jag. Då får du mer i lön.
- Nej, jag tycker inte om de här lönesamtalen. Man ska sitta och framhäva sig själv inför chefen. Det är obehagligt!
- Du kan väl hälsa från mig? Säg till chefen att jag tycker att du är jätteduktig och värd mycket mer i lön.
- Ja, det ska jag göra, det går hon nog på! svarade Agneta i en ton som lät mig förstå att det tänkte hon inte göra alls.
- Du måste stå på dig lite, envisades jag. Jag ska berätta om hur det var en gång när en kompis till mig var för mesig.

Vi åt lunch tillsammans, ett gäng från jobbet. Det var på en restaurang i Stockholm vid Hamngatan, längst uppe i Kungsträdgården. Alla vi andra åt kött, men Sören beställde spättafilé. Så fick vi in maten. Våra biffar var jättefina, men Sören satt bara och petade lite på sin spätta efter ett par tuggor.
- Är det något fel på din spätta? undrade vi.
- Ja, den är alldeles kall inuti, sa Sören olyckligt.
- Men säg till då, sa vi. Du kan ju inte sitta och äta en iskall spätta!
- Neej, sa Sören tveksamt, det kan jag väl inte göra?
- Det är klart du kan! Gå fram till disken och säg att din mat är alldeles kall! Då får du en ny portion!
- Ja, okay då, sa Sören.

Han reste sig från bordet med tallriken i hand och gick fram till disken. Från bordet hörde vi inte vad tjejen vid disken sa, men Sören höll fram sin tallrik och vi såg hur han pekade på fisken. Sedan sa tjejen något igen. Sören tittade på henne, vände på klacken och kom tillbaka till vårt bord med sin tallrik.

- Nå, sa vi. Fick du ingen ny spätta?
- Nej, sa Sören, det är samma spätta.
- Ja, men sa du inte att den var alldeles kall inuti?
- Jo!
- Men vad sa hon då?
- Hon sa: ”Ja, den har varit fryst!”

37

Säkra kort

Efter många sångstunder på Vitsippan har det utkristalliserats många sånger som jag kommit att betrakta som "säkra kort". De här sångerna *vet* jag att alla kan! Jag får nästan alltid alla runt bordet med mig i sången, utom Axel förstås. Men eftersom han faktiskt sitter kvar och är intresserad tror jag nog att sångerna lever sina liv inne i hans huvud också.

Kostervalsen, I natt jag drömde, Torparvisa, Se farfar dansar gammal vals, Vi gå över daggstänkta berg, När det våras ibland bergen och Tess lördan har jag sjungit så ofta nu att jag kan alla utantill utan att tveka vid vare sig text eller ackordbyten. Jag är också helt övertygad om att jag skulle kunna gå in på vilket äldreboende som helst i Sverige och sjunga de här sångerna. Alla kan dem!

Känner du Fia Jansson som bor uppå söder?
Hon har förresten två stycken vindögda bröder
En av dem heter Hammarlund en heter Schröder
Här ska ni se ett hjärta som klappar och glöder! [41]

Ja visst! Alla runt bordet känner Fia Jansson! Astrid sjunger visserligen *Sofia* Jansson, men det får hon gärna göra för mig. Den här sången sjöng jag för några år sedan i Stockholm. Längst bak i rummet, lite för sig själva satt två damer som uppenbarligen hörde lite illa. Jag introducerade visan genom att säga:
- Nu ska jag sjunga en visa om en stockholmsflicka. Om hon levt i dag skulle hon ha varit 95 år.

Alla runt bordet väntade på att sången skulle börja men från soffan hördes det:
- HAN SÄGER ATT HAN ÄR 95 ÅR!
- JASÅ, DET SER HAN INTE UT FÖR!

Hur många "säkra kort" finns det? Finns det hundratals? Ja, det gör det nog. Det gäller förstås inte hela sångerna, men refrängen och första versen på mängder av sånger finns bevarade i tusentals hjärnor och hjärtan på äldreboenden i hela landet.

På sätt och vis känns som att jag hittat nycklar till människors hjärtan med alla de här sångerna. Musiken verkar hitta en genväg in i var och en av oss. Även den som inte längre kommer ihåg var de själva bor eller vad deras barn heter minns att tulpanerna kommer från Amsterdam och att det var på Capri vi mötte varandra.

Eftersom det snart är sommaruppehåll för mig på Vitsippan funderar jag kring hur den här kunskapen ska kunna tas tillvara när jag själv inte är där och sjunger. Varken Agneta eller Ellinor vill leda sångstunderna, även om jag tycker att de mycket väl skulle kunna göra det. Så hur gör vi då?

Jo, först gör jag en lista över alla "säkra kort" jag kan komma på. Sedan ritar jag upp åtta stycken frågesportkort på ett A4-blad. Varje kort innehåller en fråga kring en välkänd sång eller refräng. Det är skolsånger, psalmer, schlager, skillingtryck, snapsvisor och över huvud taget allt som brukar gå bra att sjunga i vår grupp. Ibland frågar jag efter ett namn i visan och ibland utelämnar jag ett ord i en känd refräng. Det blir nog ganska många "säkra kort" skulle jag tro. Det här får bli min avskedspresent till Vitsippan efter vår sista sångstund innan sommaren.

38

I sommarens soliga dagar

Det känns lite sorgligt faktiskt. Idag är det dags för den sista sångstunden på Vitsippan före sommaren. Dagen till ära är både Agneta och Ellinor med runt bordet. Alla andra i gruppen sitter redan och väntar vid köksbordet. Mitt på bordet står en vas med små vårblommor som någon måste ha plockat nu på morgonen. Kaffevagnen står beredd med tårta, kaffekoppar, fat, glas, pumptermos och en saftkaraff. Agneta tänder de båda ljusen som flankerar vårblommorna.
- Det våras ibland bergen! säger Axel när han får syn på mig.
- Ja, svarar jag, vad trevligt ni verkar ha det här!
- Det blir ännu trevligare nu! säger Linnéa.
Kan man ha det bättre än så här? Vackert väder, vänliga människor som man tycker om runt bordet, kaffe och tårta - jag blir faktiskt lite rörd.
- Vad börjar vi med? säger Agneta.
Ja, idag är det väl inte mycket att diskutera?

I sommarens soliga dagar
vi gå genom skogar och hagar
på färdens besvär ingen klagar
vi sjunga var vi gå, hallå, hallå!

Du som är ung, kom med och sjung
och sitt ej hemma slö och tung
vår sångartropp han gångar opp
på kullens allra högsta topp
i sommarens soliga dagar
vi sjunga var vi gå, hallå, hallå! [42]

Allt känns rätt! Alla sjunger med, utom Axel och Ellinor.

- Den här fick du visst inte lära dig i skolan? säger Agneta till Ellinor.

- Nej, det fick jag tyvärr inte, svarar hon. Det hade varit bra nu, men då hade jag nog inte tyckt det!

I sommarens soliga dagar är en av de sånger som alla svenska barn skulle lära sig utantill i skolan. Det är en av "stamsångerna" som ingick i musikundervisningen i den svenska folkskolan. Totalt var det cirka tjugo sånger som alla barn tvingades sjunga gång på gång tills de fick fäste i minnet. Och fastnade gjorde de faktiskt också i de allra flesta fall! Det är därför alla över 65 år fortfarande vet att det är *röda* stugor vi tåga förbi. Alla också att det är *daggstänkta* berg vi går över och att det är på *Haga* vi ser den vingade fjärilen och inte någon annanstans! Nu ska vi se om vi har Siri med oss idag!

- Är det någon som kan en annan text på *I sommarens soliga dagar*? frågar jag.

Allmän tystnad runt bordet.

- En..... börjar jag.

Nej, det räckte inte.

- En jägare...

Nu! Siri lyser upp.

En jägare gick sig att jaga, en jägare gick sig att jaga
en jägare gick sig att jaga uti en lund så grön! [43]

- Ja, jag tänkte väl det! sa jag. Du gör mig aldrig besviken, Siri.

Efter kaffet får jag applåder, en chokladask och en kruka med knoppiga påskliljor. Själv överlämnar jag en blå mapp med texten "Säkra kort från Solglimtens äldreboende". I mappen ligger femtio A4-ark som kan klippas isär till fyra hundra frågesportkort.

- Vad är det här? säger Agneta.

- Det är min present till er. Trevlig sommar!

39

Erfarenheter

Den här sommaren försöker jag sammanställa och sortera mina erfarenheter från sångstunderna på Vitsippan. När jag började i vintras tänkte jag nog att det var själva sångerna som var det centrala. Det stämmer också på sätt och vis förstås! Men utan personalens medverkan skulle det inte gått så bra, det fick jag kvitto på de gånger Agneta var borta.

Själva formen med att sitta runt ett bord så att alla kan höra och se varandra har också fungerat mycket bra. Det handlar inte om att sjunga *för* en publik som lyssnar utan om att sjunga välbekanta sånger *tillsammans med* varandra!

Så till själva sångerna!
Den generation som är gammal idag har förmodligen en större gemensam sångskatt än någon annan generation. De som är födda i början av 1900–talet har haft en levande anknytning till stora delar av 1800–talet genom sina föräldrar och sina far– och morföräldrar. En del visor spreds muntligt, andra genom skillingtryck. Många hade egna visböcker där man skrev ned populära visor och dikter.

I skolan fick barnen lära sig utantilläxor i betydligt större omfattning än vad som är fallet i dagens skola. Barnen tränades i färdigheten att memorera texter. Hos många sitter också psalmer, sånger och dikter kvar i minnet fast det har gått flera decennier sedan de lärdes in.

Radion hade länge bara en kanal och TV:n slog igenom först i slutet av 50–talet. De melodier som spreds genom radio och grammofon nådde alla i hela landet. Revyvisornas texter och melodier var gjorda för att man snabbt skulle lära sig och komma ihåg dem.

Ju mer vi är tillsammans, tillsammans, tillsammans... [44]
Melodierna fick inte vara för krångliga. Helst skulle de fastna, om inte första gången man hörde dem, så åtminstone den andra! Språkligt sett var Sverige fortfarande en enhet. Visorna både skrevs och framfördes på svenska. Utländska, slagkraftiga melodier sjöngs inte på originalspråket, utan fick en svensk text.

Till allt detta kommer att man träffades och sjöng tillsammans i en större utsträckning än vad vi gör i dag, både i föreningslivet och i hemmen. På ålderdomshem och gruppboenden bor det i dag tusentals gamla människor som har massor av sånger gemensamma.
Vilken kör det skulle kunna bli!

40

Bevingade dikter

Många diktare har skrivit mängder av dikter under årens lopp. Stora poeter har skrivit både gripande och tänkvärt. De har skrivit humoristiskt och allvarligt om ämnen som berör oss alla. Ändå tycks deras dikter ha svårt att få den uppskattning och den folkliga förankring de är värda. Esaias Tegnér, Verner von Heidenstam, Johan Olof Kellgren - deras namn är väl närmast bortglömda i dag? Och deras dikter? Tja...

Så vilka dikter är det som når ut och lever kvar i vårt medvetande? Jo, ofta är det tonsatta dikter. När en dikt fått en passande melodi är det som om orden plötsligt fått vingar. Melodin lyfter dikten och den får möjlighet att flyga långa vägar för att träffa människors sinnen och hjärtan. Carl Michael Bellmans dikter lever vidare trots att det är mer än tvåhundra år sedan han dog. Fortfarande kan många sjunga (i alla fall den första versen) på både *Gubben Noak* och *Fjäriln vingad*. Birger Sjöberg, Dan Andersson, Zacharias Topelius, Nils Ferlin, Gustaf Fröding är andra goda exempel på diktare vars poesi fått luft under vingarna med hjälp av musiken.

Sov, du lilla vide ung
än så är det vinter
än så sova björk och ljung,
ros och hyacinter.
Än så är det långt till vår
innan rönn i blomma står
sov, du lilla vide
än så är det vinter [45]

Videvisan är diktad av Zackarias Topelius och tonsatt av Alice Tegnér.

Är en dikt som inte blivit tonsatt "finare" än den är som visa? Den amerikanske poeten Leonard Cohen förundrade sig en gång över var i tidningarna hans dikter recenserades. Så länge han publicerade sina dikter utan musik blev han recenserad på tidningarnas kultursidor. Men när han började tonsätta dikterna blev recensionerna förflyttade till nöjessidorna.

Skulle Dan Anderssons dikt *Jungman Jansson* haft så stor publik utan sin melodi? *Litet bo jag sätta vill* skulle säkert ha haft en undanskymd position i Elias Sehlstedts diktning om den inte blivit sjungen av tusentals barn i den svenska folkskolan. Tänk om Evert Taube bara hade publicerat sina sånger som diktverk?

41

Allsång på Skansen

Ända sedan 1935 har det sjungits allsång på Skansen. Som allt annat här i livet har det gått upp och ned för allsången. Med några få års undantag har sången ändå hållits igång i mer än sjuttio år! Allsångsledarna har inte varit särskilt många under åren. De har uppenbarligen trivts bra med uppgiften.

Sångerna som sjungits har förstås ändrat karaktär under åren. När Sven Lilja ledde sången var det nationalromantiska inslaget tydligt. Vi gå över daggstänkta berg, Uti vår hage och Tre trallande jäntor hörs numera ganska sällan från Sollidens scen. Ändå är det förunderligt och väldigt roligt att höra gamla sånger sjungas av nya artister. När Magnus Uggla sjunger Karl Gerhards stora slagnummer Jazzgossen har det faktiskt hunnit gå mer än 70 år sedan sången lanserades. Året var 1921 och då fanns det förstås varken TV, radio eller allsång på Skansen!

1938 lockade Sven Liljas allsångskvällar upp emot 16 000 besökare till Skansen. 1939 bröt det andra världskriget ut, intresset för att sjunga allsång svalnade. Lilja sjöng trots allt vidare på Skansen inför en krympande publik ända fram till sin död 1951.

”Jag sjunger hellre än bra!” Det var orkesterledaren Egon Kjerrman som myntade detta bevingade uttryck. Han tog över allsången på Skansen efter Sven Lilja. Då hade allsångskvällarna legat nere under åren 1951-1955. Men 1956 var det alltså dags för allsång igen!

Under Egon Kjerrmans tid som allsångsledare började programmet sändas i radio under namnet Bästa man på Skansen. Hans avslutningssång var Auf wiedersehen (På återseende) och publiken kom verkligen tillbaka. 1966 slutade Egon Kjerrman som allsångsledare.

Efter några års uppehåll startade allsångskvällarna på Skansen igen 1974. Nu var det *Bosse Larsson* som drog igång allsången med stor framgång. Bosse var van vid både TV och allsång från sin programserie Nygammalt. Den första TV-sända allsången ägde rum 1979. Det blev en stor succé. Bosse Larsson stannade sedan som allsångsledare på Skansen i 20 år. Från och med 1987 har programmet sänts direkt i TV varje sommar.

Med *Lasse Berghagen* ändrade allsångskvällarna inriktning. Hans 69 program långa allsångsserie startade 1994. Lasse Berghagen satsade på att nå en yngre publik och gästartisterna kom numera inte bara från Sverige. Det nya konceptet blev oerhört framgångsrikt och publiken strömmade till som aldrig förr. Den 8 juli 2003 satte hans allsångsprogram nytt publikrekord. Det var också Lasses avsked till sin trogna allsångspublik som den kvällen uppgick till 36.526 personer.

Anders Lundin tog över efter Lasse Berghagen som allsångsledare sommaren 2004. Han fick möjlighet att både prya och vikariera för Lasse säsongen innan. Det gick ganska bra! I genomsnitt hade han nästan två miljoner TV-tittare per program! Anders publikrekord på Skansen sattes i juli med 26 591 sångglada gäster i publikhavet på Solliden.

Nu blåser det nya friska vindar över Skansen! Efter *Måns Zelmerlöw* tog Petra Marklund över stafettpinnen - eller i alla fall allsångshäftet på Sollidens scen. Efter henne verkar bytena av allsångsledare komma tätare och tätare.

42

Kedjan som brister

Jag tror inte att jag tar i för mycket när jag säger att den generation som idag är mellan åttio och hundra år har en sångskatt på flera hundra sånger tillsammans. Då kan man ju undra hur många sånger jag själv har gemensamt med mina egna generationskamrater? Och vilka sånger har nästa generation tillsammans? Om jag ska döma efter Ellinors sångskatt så känns den vid en första anblick ganska mager.

Men - så enkelt är det nog inte! Jag tror helt enkelt inte att vi kan dra några slutsatser om vilka sånger som dagens ungdomar kommer att kunna när de själva blir gamla. Det får man se då! Varje generation har sin egen musik och sina egna musikminnen. Vad jag däremot tycker mig ha konstaterat är att kedjan som länkar ihop generationerna håller på att brista. När jag började fundera över det här var jag ganska störd över hur få sånger som både unga och gamla i Sverige kunde sjunga tillsammans.

Skolan har lämnat ifrån sig både hammare och städ och slutat smida de musiklänkar som binder ihop våra generationer. Hoppet står numera till våra förskolor. Här sitter musiken många gånger i högsätet med sångstunder och sånger vid årets olika högtider.

Lite oväntat har vi också fått hjälp från litteraturen! Inte så sällan har jag träffat unga människor som kunnat gamla visor de inte "borde" kunna. Varför? Jo, i filmatiseringen av Astrid

Lindgrens böcker sjunger karaktärerna där flera visor som på så vis får lite luft under vingarna.

På så sätt fick till exempel *Värnamovisan, Albertina* och flera andra sånger möta nya, unga lyssnare. Därmed fick just de här visorna också chansen att leva vidare i många år framöver!

Men inte nog med det! Astrid Lindgren skrev också själv flera sångtexter som numera ingår i vår gemensamma sångskatt.

Texterna har tonsatts av bland andra Lille Bror Söderlundh, Jan Johansson och Georg Riedel. Är det förresten någon som kan sjunga med i *Här kommer Pippi Långstrump, Fattig bonddräng* eller *Idas sommarvisa*?

Några av Ellinors kommentarer under hennes första tid som praktikant på Vitsippan har fått mig lite i gungning:

- Ja, jag tänker i alla fall *inte* sjunga!
- Jag har inte känt igen *någon* av sångerna, utom Idas sommarvisa!
- Evert Taube? Vem är det?
- Var Bellman en bekant till Astrid?
- I natt jag drömde? Nej, den var ny för mig!
- Beatles? Nej, jo, vänta! Kanske...

När jag hämtat mig efter de här kommentarerna och tänkt mörka tankar om musikundervisningen i dagens skola börjar jag tänka efter lite grann. Det kanske inte är så farligt, trots allt? Visst håller kedjan på att brista på ett sätt den aldrig har brustit förut, men ändå ... det är vi själva som är länkarna som bildar kedjan.

Och, sett ur Ellinors perspektiv: Vad vet vi som med god marginal har passerat ungdomsåren om *hennes* musik?

43

Sånger som alla kan

När vårt svenska ishockeylandslag Tre kronor vann VM i
Moskva 1957 var de sovetiska värdarna så säkra på segern att de
inte ens hade skaffat fram vår svenska nationalsång "Du gamla,
du fria" till prisceremonin. Så vad gör man? Goda råd var dyra!
Någon sång måste ju sjungas! Jo, spelarna stämde upp den enda
sång de kunde sjunga utantill och tillsammans allihop. Så medan
den blågula fanan gick upp i topp sjöng hela landslaget:

Helan går, sjung hopp fadderadderallanlej!
Helan går, sjung hopp fadderallanlej!
Och den som inte helan tar han heller inte halvan får!
Helan går!
Sjung hopp fadderallanlej! [46]

Det råder lite delade meningar om vem det var som började. En
del säger att det var Lasse Björn, men fler menar att det var
Sven "Tumba" Johansson. Vi kan väl nöja oss med att
konstatera att det förmodligen var en djurgårdare?

1980 arrangerades de olympiska vinterspelen i Lake Placid,
USA. Det var stora svenska framgångar och flera fina medaljer
även om Tre kronor den här gången fick nöja sig med bronset.
Thomas Wassberg vann guld på 15 km på skidor och framför
allt: Ingemar Stenmark vann både slalom och storslalom!

Det här fick till följd att många lärare fick följande fråga från
eleverna: - Kan vi inte få sjunga "olympiasången?"

Jag gissar att många lärare stod som frågetecken. Men snart gick det upp för dem: Det var nationalsången de menade!

Under 1970-talet hade få lärare brytt sig om att lära ut "Du gamla du fria" i sina klasser. Det var liksom inte den tiden! Men nu blev det fart på både skolor och andra institutioner. Nationalsången började spelas i alla möjliga och omöjliga sammanhang. Och vid det här laget borde väl alla kunna sjunga med, eller hur?

Du gamla, du fria, du fjällhöga Nord,
du tysta, du glädjerika sköna!
Jag älskar dig vänaste land uppå jord
//: Din sol, din himmel, dina ängder gröna!://

Du tronar på minnen från fornstora dar
då ärat ditt namn flög över jorden!
Jag vet att du är och förblir vad du var.
//: Ja, jag vill leva, jag vill dö i Norden!:// [47]

Nu är vi redan uppe i två sånger som alla svenskar kan sjunga utantill. Den tredje sången på listan är också en klassiker! En av mina bekanta berättade en gång att han var på resa i Kina. Där fick de tillfälle att besöka ett kinesiskt dagis. De små barnen sjöng kinesiska sånger för sina svenska gäster och allt var väldigt trevligt. Men så undrade personalen om inte svenskarna ville sjunga någon svensk sång för barnen?

Jo, det är klart! Men vilken ska vi ta? Inte nationalsången, det känns inte så bra här ... Helan går? Nja...
- Jo, nu vet jag! sa en av dem.
De tisslade och tasslade en stund sinsemellan. Sedan klämde de i med "Små grodorna". Den passade ju helt perfekt för de små barnen. De inte bara sjöng förstås, utan de gjorde alla rörelser i dansen som hör till.

Små grodorna, små grodorna är lustiga att se
små grodorna, små grodorna är lustiga att se!
Ej öron, ej öron, ej svansar hava de.
Ej öron, ej öron, ej svansar hava de.
//:Ko-ack-ack-ack, ko-ack-ack-ack
Ko-ack-ack-ack:// [48]

Om man som vuxen utför den här dansen brukar man som regel
ha fullt upp med hopp, skutt, öron- och svansviftningar.
Publikens reaktioner har man ganska dålig koll på medan man
skuttar kring. Så när de pustande och flämtande reste sig upp
efter dansen ... vad fick de se? Jo, dagisfröknarna var
urförbannade och stirrade på svenskarna med hat i blicken. Alla
barn grät hysteriskt. Vad hade hänt?

Efteråt fick de förklaringen: Inget barn hade någonsin sett en
vuxen uppträda på det här viset. I Kina håller man som vuxen på
sin värdighet och, handen på hjärtat, hur värdig känner man sig
när man dansar "Små grodorna"?

44

Jag kan inte sjunga!

Turligt nog tycker alla på Vitsippan att det är roligt att sjunga tillsammans. Ruth somnar i och för sig ofta in, men det är bara ett tecken på att hon känner sig så trygg, säger den underbara Agneta. Jag misstänker nog att hon skulle ha somnat ändå, men det är ju en fin tanke! Axel kan ju härskna till lite då och då och lämna bordet, men han verkar ändå vilja vara med och slänga lite käft. Han sjunger inte med särskilt ofta.

- Nu ska pappa och mamma gå ut så du kan sjunga så mycket du vill!
Hur kan man säga så till sitt barn? Är det konstigt att vissa människor har fått ett taggigt förhållande till sång och musik? Många av oss minns också de fruktansvärt pinsamma uppsjungningarna inför hela klassen som vi fick genomlida under några år i skolan.

Nej, jag kan inte sjunga!
- Om jag sjunger så kommer alla att gå ut!
- Om jag skulle börja sjunga så spricker porslinet!
Jag har hört hundratals varianter på det här temat. Självklart går det lika bra att vara med runt vårt bord och bara lyssna, utan att sjunga. Det är också samvaron som räknas och uppskattas. Tyvärr är det alltför många som har fått sin sångarglädje krossad av en opedagogisk skolfröken, de egna föräldrarna eller andra okänsliga personer. Några av dem har därefter inte sjungit en ton under hela sin livstid.

Min egen mamma gick i Katarina Norra på söder i Stockholm.

- Nu ska vi ha sång! sa fröken och tittade uppmuntrande på klassen. Svea och Torborg kan gå ut och leka så länge. Jag ropar när vi har sjungit färdigt.

Svea och Torborg fick snällt pallra sig ut ur klassrummet och lekte sedan på Katarina kyrkogård eftersom skolan saknade en egen skolgård.

45

Åter till Vitsippan

Vad skönt det är att vara tillbaka på Vitsippan igen! Vad har hänt sedan jag var här senast? Alla i gruppen verkar vara pigga och glada att se mig igen. Agneta är sig lik och Ellinor är inte längre bara praktikant! Hon har fått Monas tjänst eftersom hon har gått i pension. Vi får väl se om hon kan hålla sig härifrån, hon dyker säkert upp som vikarie ibland.

När jag nu ser mina vänner från våren samlas igen i köket fylls jag av ett lugn. Det här är en lagom stor grupp för mig att sjunga i. Här kan vi tala med varandra mellan sångerna. Ingen behöver känna någon press på att sjunga. Vill du bara lyssna går det också bra. Vi har plats för historier och minnen som dyker upp i samband med sångerna.

Första gången jag skulle spela på ett äldreboende höll det på att sluta med en katastrof. Mitt studieförbund hade ordnat med en spelning på en avdelning. Det skulle bli sju, kanske åtta pensionärer i en liten grupp.
Jag tackade förstås nej först, men efter ett par påstötningar tänkte jag att det är väl inte värre än en vanlig studiecirkel?

Den utsatta dagen gick jag med gitarren till äldreboendet. Jag letade mig fram till rätt avdelning och vandrade längs en lång korridor förbi en stor matsal som det var ganska mycket folk i. Fler och fler strömmade också till, både äldre människor och personal. När jag kommit lite längre fram såg jag att allt var riggat för ett artistframträdande. Man hade ställt upp ett notställ framför en hög pall. Tydligen skulle det komma en artist och underhålla här.

Det var ju synd, tänkte jag. Det här kolliderar ju med min grupp, då blir det väl ingenting då? Jag hade just lämnat matsalen bakom mig för att leta reda på någon som kunde ge mig besked om hur det skulle bli.

Då hejdas jag av ett biträde som sätter upp handen som en polis.
- Stopp! säger hon. Gå inte vidare! Du går ju förbi matsalen!
- Ja, jag vet! Det är tydligen någon artist som ska sjunga här?
- Ja, men det är ju du som är artisten!
- Va? Nej, jag är ingen artist! Jag ska visserligen sjunga här, men bara med en liten grupp är det sagt.
- Jo, det stämmer, men det är så sällan det kommer någon hit så vi tyckte det var lika bra att passa på när vi nu får lite musik.
Medan matsalen sakta fylldes med publik fylldes jag själv av panik. Jag hade aldrig uppträtt inför så här många människor tidigare och jag hade absolut inget färdigt program. Plan A var given; flykt! Fort härifrån! Plan B; att utrymma lokalen och samla en liten grupp verkade tyvärr vara helt ogenomförbar. Plan C: Okay då!

Medan jag på darrande ben gick in i matsalen och slog mig ned på pallen började man köra in sängar med patienter som låg i fosterställning. Jag satte upp min sångpärm på notstället och såg ut över den fyllda salen. När jag öppnade pärmen fick jag upp:
I en sal på lasarettet där de vita sängar stå
låg en liten bröstsjuk flicka
blek och tärd med lockigt hår. [50]
Kanske inte...jag bläddrade vidare. Den här då? Jo, den försöker jag med, den måste gå! Lasse Dahlquist tycker väl alla om?
Det är dans på Brännö brygga,
en gammal och kär tradition
fullt med publik och trevlig musik

ja vad var en dans utan dragspelets ton
och en dans på Brännö brygga
är för många ett stort äventyr
det är glädje och fest
se där ute i väst blinkar...... [51]

Här märkte jag plötsligt att *ingen* i salen sjöng med. Så jag sjöng inte ut orden "Vinga fyr" utan slutade i stället att spela.
- Vad var det som blinkade där ute i väst? frågade jag rakt ut i salen.
Dödstyst, ingen sa något.
- Jag tar den en gång till, sedan fyller ni i orden som fattas.
Så jag tog om *Brännö brygga* från början igen och kom på nytt fram till:
- *Där är glädje och fest, se där ute i väst blinkar ....*
Inte ett pip från min publik. Hade jag hamnat i en sal fylld med Lasse Dahlquisthatare? Vid det här laget kände jag mig inte så lite kallsvettig och undrade hur jag skulle kunna ta mig ur det hela. Jag kan ju inte bara resa mig och gå ut? Eller?
- Sista chansen, sa jag och satte allt på ett kort. Nu tar jag den *en* gång till. Om jag inte får något svar nu så packar jag ihop och går hem! Tredje gången gillt!
- *Där är glädje och fest, se där ute i väst blinkar ....*
- SVINNSTA SKÄR? ropade en förskrämd liten dam längst bak.

Nej, det var ju inte Svinnsta skär som blinkade där ute i väst, men det blev ändå vändpunkten för hela showen. Som nästa sång tog jag Svinnsta skär och därmed var också kontakten med publiken upprättad. Resten av mina sånger gick helt okay. Ofattbart nog fick jag mycket beröm efteråt.

Det tyckte jag inte att jag var värd.

46

Tänk att jag dansar med Andersson!

Idag satsar vi på ett danstema! Vi ska inte dansa direkt utan vi ska sjunga visor som *handlar om* dans. Här finns det hur mycket som helst att välja bland, det är bara att ta för sig bland Tangokavaljeren, Lambeth Walk, Farfar som dansar vals, Rumba i Engelska Parken och Let´s twist again! Nåja...
- Har du dansat mycket? frågar jag Svea.
- Det ska du tro! svarar hon. Här hölls banne mig inga handväskor!
Det börjar helt enkelt att bli dags för en stilla vals verkar det som!

Tänk att jag dansar med Andersson...
Det här är en av de få sånger av Evert Taube som nästan alla kan sjunga med i alla verser... med lite hjälp här och där.
- Kan du Tangokavaljeren? säger plötsligt Axel.
- Jovisst kan jag det, jag ska bara bläddra fram lite i pärmen.

När jag tittar upp är Axel redan uppe från sin plats vid bordet och framme vid Agneta. Han tar verkligen alla chanser! Han bugar lätt:
- Får jag lov, min sköna?
- Självklart! svarar Agneta och reser sig upp.
Med vana händer fattar Axel tag om Agneta. Borta är hans stelhet och ett leende spelar på hans läppar.
- Bli inte rädd nu! säger han till Agneta. Jag kan det här!
Och så bär det iväg!
Får jag bli din tangokavaljer blott för några timmar...

Axel svischar runt med Agneta i riktning mot vardagsrummet medan vi andra sitter kvar i köket.

Får jag viska att jag har dig kär får jag le och dansa
med dig uti en tango där varje steg oss bär mot lyckan?
Agneta är riktigt duktig, men Axel är rena Fred Astaire!

Så till sist är allt vad jag begär att för några timmar
få bli din tangokavaljer som i natt du ger din kärlek. [52]

Axel avslutar som sig bör med att luta Agneta bakåt så långt att hennes hår nästan når golvet.
- Nu ramlar dom! ropar Astrid.
Men se, det gör de inte alls! Under våra applåder och Ellinors visslingar lyfter Axel varsamt Agneta tillbaka till stående igen. Han bugar lätt mot henne och går med rak rygg tillbaka till bordet. Han drar först ut Agnetas stol och skjuter sedan in den som en sann gentleman. Så återtar han sin egen plats medan han ömt tittar på den nu ganska rödblommiga Agneta.

- Kan vi inte sjunga Rosa på bal igen? frågar Svea.
Jo, det kan vi!
Tyst, ingen såg att jag kysste Er kind,
känn hur det doftar från parken av lind.
Blommande lindar kring månbelyst stig -
Rosa jag älskar Dig! [53]

- Det menade han inte! säger Astrid

47

Agneta – en dam?

– Vet du vad en dam är? frågar Axel.

– I schack? frågar jag. Ja, det vet jag...

– Nej, jag menar förstås en riktig kvinna! Då är det dags att du lär dig det, det kan du ha nytta av!

Jag ställer ner gitarren och lutar mig lätt mot den. Det här kan nog ta lite tid...

– Jo, förstår du, unge man, börjar Axel högtidligt. En dam, det är en alldeles speciell sorts kvinna. I hennes sällskap uppträder alla män som gentlemän. Svårare än så är det faktiskt inte. Ta Agneta som exempel! Det är väl ingen som skulle komma på tanken att vara annat än artig och belevad mot henne, eller hur?

- Nej, det är kanske så, svarar jag.

– Förresten, tillägger Axel, är inte Agneta ovanligt snygg i dag?

– Det har jag inte tänkt på säger jag men hon är väl alltid snygg i så fall?

– Du som är ung, plirar Axel, ska du inte göra ett försök? Det skulle jag ha gjort!

– Vad pratar ni om gubbar? säger Agneta. Vi väntar här, kom och sätt er! Ni ser ju riktigt farliga ut!

– Jag lovar, vi är inte ett dugg farliga, säger jag och lägger försiktigt gitarren på bordet.

– Nja, helt ofarlig vill jag nog inte säga att jag är säger Axel.

Vad passar bra att börja med idag tro? Jag tror att jag försöker med en Rolfrefräng. Det var ett tag sedan.

- Ska vi sjunga lite Ernst Rolf idag? föreslår jag

- Vi är inte döda än! replikerar Axel

Nehej, det skulle vi tydligen inte!

- Ska vi kanske försöka med lite champagne i stället då?
- Ja, det låter bättre, säger Axel. Det får du gärna bjuda på!

Jag kommer från en festlig bal
är lite glad, man ser
bland damerna jag gjort mitt val
var tärna jag tillber.
Först bjöd jag upp en täck blondin
gudomlig valsen var
en växt som hindens smal och fin
en kyss i smyg jag tar.
Att vara med om slik kampanj
det är förtjusande
och om man får en skvätt champagne
blir allt berusande. [54]

En *täck* blondin - uttrycket känns säkert främmande för de flesta
idag. Däremot förstår vi betydelsen bättre om vi använder
negationen: En otäck blondin. Täck betyder helt enkelt vacker.
En täck blondin är alltså en vacker blondin. Då kan vi kanske
unna oss en stunds dysterhet över att det inte är det positivt
laddade ordet *täck* utan det negativt laddade ordet *otäck* som
levt vidare in i våra dagar. Eller varför inte börja använda ordet
täck igen?

Är inte det en täck tanke?

48

Hör du vem det är?

Nu ska jag berätta en historia som jag faktiskt har fått från Agneta. På ett tidigare ställe hon arbetade på bodde en dam som en kväll förmedlade en bit av sitt liv.

"När jag var ung fick jag inte den jag älskade. Han gifte sig med en annan kvinna. Åren gick och en dag träffade jag en ny man som jag gifte mig med. Vi levde lyckliga tillsammans i många år, men för några år sedan dog min man och jag blev änka. Det gick ett par år till och jag trivdes inte alls med att vara ensam. Så en dag tog jag mod till mig och letade reda på var min ungdoms kärlek bodde. Det var inte så lätt, ska du tro, vid det här laget var vi båda över åttio år. Det hade gått över sextio år sedan vi skiljdes åt.

Men, tro det eller ej! En dag satt jag i alla fall där bredvid min telefon och slog numret till honom, min ungdoms kärlek. Och vet du vad jag sa när jag kom fram? Jo, jag sa:
- Hej! Hör du vem det är?
Och tänk! Det gjorde han direkt! Så vi träffades efter ett par veckor och känslorna fanns kvar. Några månader senare gifte vi oss!"

Medan Agneta berättar det här ser jag hur hon blir lite rörd. Hon stryker bort en tår ifrån ögat och säger:
- Gammal kärlek rostar aldrig! För en del i alla fall!
- Hur mår du själv då? frågar jag.

Jo tack, det är ganska bra nu! I alla fall så bra det kan vara. Jag är glad och lite stolt över att jag bestämde mig för att bryta upp. Det var inte lätt, jag tvekade först med tanke på barnen och så... Vet du vem som fick mig att ta steget till slut?
- Nej, vem var det?

- Det var min morfar! När jag var liten och hade något problem var det alltid till honom jag gick för att få råd. Jag gick inte till mamma och inte till pappa!
- Fick du några bra råd av morfar då?
- Alltid! Vad jag än hade för problem när jag var barn så kunde jag lita på morfar. Jag följde alltid hans råd och det visade sig alltid vara det bästa för mig. När jag nu stod inför skilsmässan kom jag ihåg hur morfar väglett mig tidigare. Jag undrade hur han kunde veta så säkert vad som varit bäst för mig? Som barn tar man nog sådant här för givet, men som vuxen vet man ju hur svårt det är! Därför gick jag nu till min morfar och frågade hur det kunde komma sig att hans råd alltid varit så bra för mig. Vet du vad han sa?

Nej, det kunde jag ju förstås inte veta. Jag svarade bara "nej" och lät Agneta fortsätta med sin berättelse.
- Lilla vän, sa morfar. Det var inte alls svårt att ge dig det rätta rådet! Jag lyssnade bara på vad du anförtrodde mig. Ofta var det ett val du stod inför. Det hördes direkt på dig vad du själv ville välja. Då rådde jag dig att göra just det valet. Så egentligen var det inte mina råd du följde. Du visste redan själv vilket som var det bästa valet.

49

Inställt

I dag blev det ingen sångstund på Vitsippan. Jag kan riktigt se hur Ulla, Ellinor och Agneta kämpar på för att få upp alla i tid. Dusch, frukost och ommöblering i köket hör också till de rutiner jag aldrig behöver delta i. Jag kommer inseglande till ett dukat bord när allt fungerar som det ska. Det gör det inte i dag!

Jag befinner mig på en bensinmack en bra bit ifrån Solglimtens äldreboende. Tankningen är klar och jag sätter mig vid ratten och vrider om startnyckeln. Ett hemskt, rasslande ljud kommer ifrån motorn. Jag vrider tillbaka nyckeln och försöker igen. Samma sak inträffar. Motorn rasslar, men startar inte. Jag öppnar dörren och ska just till att gå ut. Förbi mig passerar i samma ögonblick en man med portfölj i god fart.
- Det är Bendix-drevet när det låter så där! säger han och går förbi bilen utan att stanna.
- Va? säger jag.
- Det är Bendix-drevet! upprepar mannen och går vidare utan att bevärdiga mig en blick.
Jag står handfallen bredvid min bil och inser att mannen kan något jag inte kan och att han inte har tid att prata med mig. Tack och lov för att det finns mobiler! Av de nummer jag använder är numret till min bilmekaniker bland de viktigaste, tycker jag. Han svarar direkt när jag ringer upp och jag säger:
- Du, jag står här vid en mack och kommer inte härifrån! Någon sa att det var Bendix-drevet som var trasigt. Ska jag försöka starta igen eller hur ska jag göra?
- Nej, för fan! Du får inte försöka starta igen! Då kan du förstöra hela motorn! Du får beställa bärgning hit i stället.

Sagt och gjort! I stället för att sjunga på Vitsippan får jag åka i en bärgningsbil med bilen på släp till allmänt åtlöje. Det känns lite pinsamt.

Men vad är då ett Bendix-drev?
- Jo, förklarade min bilmekaniker för mig. Det är det drev som förbinder startmotorn med själva motorn. Bendix-drevet ska kugga i vid starten och dra i gång den stora motorn. Sedan ska det kugga ur igen. Gör det inte det så kan hela motorn bli förstörd. Det var därför du inte skulle försöka starta den igen. Du hade faktiskt tur att det inte blev värre!

Nästa samtal går till Vitsippan. Jag berättar att jag inte kommer att hinna fram i tid och vi kommer överens om att hoppa över den här sångstunden och ses igen nästa vecka.
- Bendix-drevet? säger Agneta. Finns det på min bil också, tro?

50

Min första fröken

Hon var varken man eller kvinna, hon var folkskollärarinna.
Så stod det prydligt textat på en anslagstavla i det gamla Folkskoleseminariet vid Maria Prästgårdsgata på söder i Stockholm. Jag fick aldrig reda på vem som skrivit sentensen. Det spelar förresten ingen roll heller, för nu bjuder fröken på en gåta:
- Vad är det som är brunt, har lång svans och tycker om kottar?
Fröken tittar sig runt bland eleverna, men ingen räcker upp handen.
- Ja, men det är väl inte så svårt? Den hoppar mellan träden också? Är det verkligen ingen av er som kommer på vad det är? Det är alldeles tyst i klassen.
- Olle? frågar fröken. Du vet väl vad det är?
- Ja, alltså, säger Olle. Normalt skulle det ju vara en ekorre förstås. Men eftersom det är fröken som frågar så är det säkert Jesus.

– Kommer du ihåg din första fröken? frågar jag Axel.
– Om jag kommer ihåg min första fröken? svarar Axel lite tjurigt. Nej hur fan ska jag kunna göra det? Det var ju så längesen. Jansson hette hon förresten.
Axel ser själv lite förvånad ut. Det hade han faktiskt inte behövt göra! Det lustiga är att nästan alla kommer i håg vad deras första fröken hette. Nästan alltid minns alla att hon var snäll också. Min egen första fröken hette Ann-Margret Blomdahl. Hon var ung och blond och så vacker att till och med papporna ville gå med på föräldramötena. Det var inte så vanligt på den tiden. Så vacker var hon!

- Min skola låg på landet, säger Svea. Jag hade flera kilometer
att gå, det tog kanske mellan en halvtimme och en timme. Vi
fick alltid ställa upp oss på led i korridoren innan vi gick in, och
vi måste stå upp i bänkarna när vi svarade på frågor. Det fanns
en kamin i klassrummet och vedhämtningen gick på tur. Ibland
fick vi godis när vi burit in ved åt fröknarna. Jag satt längst fram
i första klass.

Nu är det Elsas tur att berätta.
- Jo, min första fröken minns jag med glädje. Hon hette Anna
Nilsson. Hon var så snäll och omtänksam mot alla barn. Vi hade
lång väg att gå till skolan, många gånger i dåligt väglag. Några
gummistövlar fanns inte på den tiden, så vi var ofta våta om
fötterna när vi kom till skolan. Vår snälla fröken hade strumpor
att låna ut till oss och torkade våra strumpor vid kaminen. Det
har jag kommit ihåg hela livet.

- När vi ändå är inne på minnen från skoltiden vill jag gärna dela
med mig av en egen upplevelse, säger jag. Det var så här: Jag
stod tillsammans med två kompisar och väntade på spårvagnen
vid Hornsplan, som det hette på den tiden. Längst bort på
plattformen stod en korvgubbe med låda på magen. Mina båda
kompisar köpte varsin kokt med bröd, men jag hade inga pengar
med mig. Tiden gick och de båda andra stod och mumsade på
sina korvar. Kallt var det också! Då hör jag någon ropa:
"Anders!" Jag kände ju ingen här så jag tog ingen vidare notis
om det. Då ropade rösten igen: "Anders, kom hit!"
Det var korvgubben som ropade på mig. Jag gick fram till
honom och undrade vad han ville mig? När jag kom fram till
honom öppnade han sin låda och plockade upp två trasiga
korvbitar som han la i ett papper och gav mig. Den här historien
har jag burit med mig genom åren och för att hedra min
korvgubbe vill jag nu gärna sjunga:
Det stod en varm korv gubbe ner på Fyris torg...[55]

51

Nyckelknippan

Sångskatten som jag har hittat hos mina vänner på Vitsippan har nu börjat bli en ganska stor nyckelknippa. Vid det här laget vet jag vilka sånger jag kan nå gruppen med och skapa kontakt. Jag har också insett att sångernas olika karaktär kan användas för att ändra sinnesstämningar både hos mig själv och hos de andra. Oftast gäller det att plocka fram en glad, kort och framför allt välbekant sång. På nyckelknippan finns det sånger för skilda tillfällen. Håller gruppen på att somna in? Fram med *Torparvisa*, *Vi gå över daggstänkta berg* eller *Jungfrun på Jungfrusund*. Börjar vi tappa kontakten med Elsa? En personlig låt till henne kanske?

Han har öppnat Pärleporten
så att jag kan komma in
genom blodet har han frälst mig
och bevarat mig som sin. [56]

När jag började sjunga på äldreboenden valde jag ofta bort psalmer och läsarsånger. Den repertoaren tyckte jag faktiskt att kyrkan eller frikyrkorna kunde ansvara för. Själv ansvarade jag för *Fia Jansson* och *Varm korv boogie* som sällan eller aldrig förekommer i gudstjänsterna efter vad jag har förstått. Numera blandar jag friskt mellan stilarna. Går det inte med Pärleporten försöker jag med Axel Öman. Vi sjunger psalmer, skillingtryck, Taube och snapsvisor med samma glada humör!

På en särskild plats på min nyckelknippa förvarar jag mina "Säkra kort". De här sångerna *vet* jag att alla kan! I de flesta fall får jag också med mig hela gruppen i sången. Men även om det nu är någon som inte aktivt sjunger med, Axel till exempel, så har jag förstått att inuti hans huvud händer det ändå något. Han är med i alla fall!

- Hur har det förresten gått med frågesportkorten? frågar jag.
- Det är mest jag som har hållit på med dem, säger Ellinor. Det har faktiskt gått mycket bättre än jag trodde! Själv kan jag ju nästan ingen av sångerna, men det behöver jag inte kunna heller. Alla andra kan ju allting här!
- De har haft väldigt kul med korten, säger Agneta. Ellinor hittar på egna melodier när hon inte vet hur det ska vara. Det kan bli hur tokigt som helst och Svea skrattade så hon grät i går!

Det var ju inte riktigt så här som jag själv hade tänkt att det skulle gå till. Men eftersom alla trivs får jag väl instämma med inkvisitionen: Ändamålet helgar medlen.

"Hjärtats nyckel heter sång" är namnet på en av Evert Taubes sångsamlingar, men talesättet är mycket äldre än så. En av de sånger jag vet att jag alltid når Linnéa med är den här:
Får jag låna nyckeln Ann-Marie
till ditt härtas lilla lönndörr... [57]

Senare forskning har tyvärr visat att det inte är hjärtat som lönndörren leder till, utan hjärnan. Det är ju kanske lite mer romantiskt att dikta om hjärtat istället för det limbiska systemet? I alla fall är det lättare att rimma på.

52

Hur tjatig kan man bli?

Hur många gånger har jag sjungit Kostervalsen och Svinnsta skär vid det här laget? Tusen gånger känns det som. Är de sångerna uttjatade och passé? Nej, det är de inte! I alla fall inte för Svea, Linnéa och de andra. Själv kan jag ju förstås tycka "inte en gång till!" när jag börjar på en alltför välbekant sång. Människorna omkring mig verkar till all lycka inte tänka så. De lyser i stället upp och sjunger glatt med - och då blir sången levande och viktig för mig också. Det är sammanhanget som gör sången. Det är glada leenden och vänliga blickar som lyfter humöret. Jag tror att jag kan bli hur tjatig som helst.

Finns det några sånger jag försöker undvika? Ibland har jag fått kryssa försiktigt mellan dem. I en grupp jag besökte för några år sedan fanns det en man som bara ville höra andliga sånger. Så jag sjöng:

Blott en dag ett ögonblick i sänder
vilken tröst evad som kommer på
allt ju vilar i min faders händer
skulle jag som barn väl ängslas då.
Han som bär för mig en faders hjärta
 han ju ger åt varje nyfödd dag
dess beskärda del av fröjd och smärta
möda, vila och behag. [58]

Ju mer jag sjöng andliga visor desto bättre trivdes han och tyckte att jag var en enastående trevlig person. De andra i gruppen började efter ett tag skruva lite på sig. Då övergick jag till en världsligare repertoar. Direkt reste sig mannen från sin stol, gick in på sitt rum och stängde dörren efter sig med en smäll.

Jag kan heller inte sitta och sjunga sånger som ingen känner igen. Om jag gör det så kommer Axel att gå härifrån. Astrid, Svea, Linnéa, Siri och Elsa kommer i bästa fall att sitta kvar. Minst två av dem kommer säkert snart att sitta och sova vid bordet, precis som Ruth redan gör.

En annan sak jag aktar mig för är att sjunga barnvisor, om jag inte kan få in dem i ett vettigt sammanhang alltså. Jag brukar kunna smyga in lite Alice Tegnér bakvägen genom att berätta en historia från när jag själv var barn eller från min tid som småbarnsförälder. Då brukar det gå bra!

Bakgrunden är att jag inte vill trampa någon på tårna genom att sjunga något de kan tänkas ta anstöt av. Jag har ju redan gjort bort mig en gång här på Vitsippan genom att sjunga Lili Marleen, som gjorde Axel rasande. Därför aktar jag mig noga i fortsättningen och väljer sånger som vi har gemensamma och tycker om. De "barnsligaste" visorna kommer ändå med förr eller senare. Då är det alltid någon i gruppen som börjar sjunga dem och så hakar jag på när det känns rätt.

53

Stämningen

Nej, det är inte gitarrens stämning det ska handla om! Det är den stämning vi skapar i vår grupp på Vitsippan. Agneta har sedan länge hittat sin roll under våra sångstunder och Ellinor börjar också hitta sin!

När jag dyker upp på Vitsippan på måndagarna kommer kliver jag rakt in i ett sammanhang som redan är genomarbetat. Alla vet om att jag ska komma och alla sitter och väntar runt bordet. Ofta blir jag välkomnad med vänliga leenden och glada tillrop. Vad roligt, nu får vi sjunga! Hur många har det så här bra på jobbet? Eva Cassidy, den amerikanska sångerskan, som dog alldeles för ung sade i en intervju: "Jag har världens lättaste jobb. Jag behöver bara sjunga och spela gitarr!"

Det är helt enkelt krattat i manegen när jag börjar sjunga. Då är det inte alls svårt! Det är enkelt att rida vidare på den stämning som arbetats fram av Ulla, Agneta, Ellinor och alla som sett till att Axel och alla de andra mår bra och är förväntansfulla. Bordet är dukat, kaffe finns i termosen och diskmaskinen är avstängd. Det kan inte bli bättre än så här!

Sångerna vi sjunger skapar också stämningar. Det är svårt att förklara vad som egentligen sker, det växer ofta fram en varm och vänlig atmosfär i köket medan vi sjunger. Alla är inbjudna att vara med, även den som väljer att inte sjunga själv! En gång satt jag och sjöng vid ett annat bord i en annan stad. Mitt emot mig satt en dam som strålade under hela sångstunden. Hon sjöng inte med, men jag såg att hon stortrivdes. När vi avslutat det hela kom hon fram till mig och tackade för den fantastiskt trevliga sångstunden.

- Kände du igen några sånger som du tyckte om? frågade jag.
- Tyvärr hörde jag ju nästan ingenting! Hörapparaten är dålig, men jag kände ju stämningen. Det var fantastiskt trevligt det här!

54

Båtlåtar

Mälarns bölja lugn och skär
tyst en mängd av kölar bär

Är inte det en vacker bild? Sjöns vatten som orkar med att bära mängder av skutor och båtar, tyst och lugnt. Bilden är skapad av Carl Michael Bellman förstås, hämtad ur Fredmans epistel nr 49. "Angående Landstigningen vid Klubben i Mälaren en sommarafton 1769". Så här tänker jag mig också sångernas liv. Precis som Mälarens bölja bär en mängd båtar - så seglar visorna i folkhavet. Här lever de en tid med hjälp av oss som sjunger dem och lyssnar på dem. När ingen längre ids sjunga eller lyssna glider de först bara lite planlöst omkring - för att slutligen sjunka ned till botten och den stora glömskan. Här nere i slammet samlas sedan alla sångerna. Bara om de har tur är det någon som fiskar upp dem igen och ger dem vind i seglen på nytt.

Jag tycker att *alla* sånger har en egen historia som är värd att berätta. En del är kanske intressantare än andra, men alla bär med sig något av den som skrev sången och något om den tid som den skrevs i. Ingenting skapas i ett vakuum, allt har ett sammanhang. Direkt ur bottenslammet hämtar vi upp den här sången:

Det satt en kärring på Kornhamnstorg,
kille ville vipp bom bom.
Hon sålde paltar i en korg,
kille ville vipp bom bom.

Då kom där en gubbe med krokig nos,
kille ville vipp bom bom.
Han tog en palt och sprang sin kos,
kille ville vipp bom bom.

Då ropa´ kärringen på polis,
kille ville vipp bom bom.
I stället kom en stöddig gris,
kille ville vipp bom bom.

Och så fick gubben sitta i arrest,
kille ville vipp bom bom.
och där fick han käka ärter och fläsk,
kille ville vipp bom bom. [59]

När min pappa stod och diskade hemma kunde det komma ungefär vilka sånger som helst ifrån köket. *Han har öppnat pärleporten, Får jag låna nyckeln, Ann-Marie* kunde jag få höra beroende på humör och sinnesstämning. Ganska ofta kom också sången om kärringen som satt på Kornhamnstorg och sålde paltar. Nu fick hon vara med och segla omkring på sjön en extra vända. Kul för henne!

55

Om smicker och rosor

På kontoret i en plantskola arbetade en man som hette Arthur. Han hade en gång haft en egen firma som på grund av tråkiga omständigheter gått i konkurs. Hur som helst var Arthur en charmerande person, speciellt mot kunder och i all synnerhet mot *damer*. Det var ju inte särskilt ofta han kom åt dessa damer från sin position vid skrivbordet, men då och då och under vackra dagar när fönstret stod öppet kunde det faktiskt hända.

Arthur hade också ett specialområde och det var rosor. Vi hade våra rosor i ett speciellt litet hus där det fanns tusentals rosor; storblommiga rosor, polyantharosor, buskrosor och klängrosor. När så Arthur fick korn på en dam som ville handla rosor öppnades dörren till kontoret, Arthur klev ut och tog över kunden från den som just påbörjat köpet.

- Ville damen köpa en ros? frågade Arthur med ett älskvärt leende medan hans förvånade arbetskamrat puffades lite åt sidan.
- Följ med mig till rosornas paradis, sa Arthur och bjöd den överraskade damen armen.
Arm i arm vandrade sedan Arthur och damen (för oss andra: kunden) i riktning mot roshuset. Väl inne i roshuset påbörjades så småningom en konversation om olika rosor och deras egenskaper. När så damen (kunden) väl hade bestämt sig för en speciell ros kom nästan undantagslöst frågan:
- Hur ska den skötas?
Arthur log stillsamt och sa:

- Ja, en ros måste förstås skötas med mycket kärlek! Precis som kärleken måste den få mycket näring och omtanke. Den måste också ansas på ett särskilt sätt.
- Jaha, frågade då damen, hur ska den då ansas?
- I ert fall, sa Arthur, har vi ett litet problem!
- Problem, sa damen, vad kan det vara för problem?
- Ni får under inga omständigheter komma rosen för nära!
- Får jag inte komma nära rosen? Hur ska jag då kunna sköta den?
- Nej, svarade Arthur. Även om rosen är väldigt vacker får ni själv inte stå för nära den. Då vissnar den, av avund!

Behöver jag säga att Arthur sålde ganska många rosor? Roskunderna var också de i särklass mest rödblommiga kunder vi hade framme vid kassan. I dag sjunger vi förresten om blommor på Vitsippan. Och vilken är då den mest ombesjungna blomman? Ja, inte är det vitsippan! Blåsippor, gullvivor, tussilago och många andra blommor har fått sig visor tillägnade, men mest sånger finns det förstås om rosor! *Min älskling du är som en ros*, *Två må röda rosor*, *I rosens doft*, *Rosen* (Arne Quick, ni vet!), *Tiotusen röda rosor*, *Vita rosor från Aten*, *The Rose*, *Rosen på Tistelön* och många, många fler. Det är bara att välja!

Och då väljer vi Nils Ferlins dikt *Får jag lämna några blommor*. För er som vill sjunga den kan det vara bra att veta att det är Lille Bror Söderlundh som tonsatt dikten. Men det visste ni säkert redan...
Får jag lämna några blommor - ett par rosor, i din vård...[60]

56

Linnéa

– Linnéa orkar inte vara med i dag heller!

Agneta ser bekymrad ut.

– Hon har legat i två veckor nu och vi har haft doktorn här.
Det är så tungt att andas för henne. Hon får kämpa för varje
andetag.

– Ska vi strunta i sångstunden i dag då? frågar jag lite lamt.

– Nej, nej! svarar Agneta, alla andra är beredda! De sitter redan
vid bordet och väntar på dig. Vi kör på som vanligt!

Och där sitter de faktiskt. Alla är samlade runt bordet, men
ingen säger något. Agneta slår sig nu ned bredvid Axel.

– Vad tycker ni att vi ska sjunga i dag? säger hon.

– Du kan väl ta den där biten vi satte potatis på förra året, skojar
Axel och isen är bruten. Sångstunden blir ungefär som vanligt,
men vi sjunger inte så mycket om kärlek. Utom den här förstås:
Jag har skrivit till min flicka...[61]

– Att skriva brev till sin flicka, hugger Axel in, det är som att
rita en skinksmörgås när man är hungrig!

– Usch vad du pratar dumt, säger Astrid. Klappa till honom med
gitarren vetja! Då kanske vi får tyst på honom!

Jag ger mig inte in i ordväxlingen och jag klappar inte heller till
honom med gitarren utan fortsätter i stället med sången.

För att göra en lång historia kort brukar jag hoppa över några
verser. Jag går direkt på slutversen där huvudpersonen berättar
att han sitter i en stuga i Bohuslän och väntar på sin vän. Han
har lovat henne giftermål och trohet. Här tittar Agneta ut genom

fönstret ett ögonblick, men hon säger inget så jag avslutar
sången:
Jag har prydit hennes kammare
med blommor och med grönt
och på väggen hänger tavlorna så skönt.

- Har du tid att titta in till Linnéa en stund innan du går frågar
Agneta när sångstunden är över. Hon skulle bli så glad!
Det är klart att jag har. Vi går in till Linnéa och går fram till
hennes säng där hon ligger med huvudet högt och ögonen slutna.
Agneta smeker henne lätt över kinden och långsamt slår Linnéa
upp ögonen. Först händer det ingenting, men så hamnar jag i
synfältet.
- Har du sett vem som kommer och hälsar på? frågar Agneta.

Jag lutar mig lätt över sängen. Linnéas mun formas till ett
småleende och så sjunger hon klockrent, men med mycket svag
röst:
Fjäriln vingad syns på Haga
mellan dimmors frost och dun
Så sluter hon ögonen igen och ser faktiskt riktigt belåten ut.

57

Viljen I veta

Om jag är förtjust i Agneta? Ja, det kan väl hända, men det är ju å andra sidan Axel med. Agneta är helt enkelt en kvinna som det är lätt att bli förtjust i. Det är fullt möjligt att Agneta har vad man förr i tiden kallade för "karltycke". Men, vi karlar är ju både pålitliga och storsinta till vår natur! Det har inte minst visorna bekräftat. Ett bra exempel på just vår storsinthet finner vi i den gamla dansleken *Viljen I veta*.

Viljen I veta och viljen I förstå,
hur bönderna pläga så havre?
Min fader, han sådde, han sådde sisåhär
och stundom så vilade han armen
Han stampade med fot
han klappade med hand
så gladelig, så gladelig.
han vände sig om uti dansen.

Se, vad jag fått uti min hand,
och se vad jag fått att föra!
En liten flicka så fager och så grann
så nätt uti sina kläder.
Jag håller dig så kär,
jag stiger dig så när,
jag kan inte säga hur vacker du är
jag låter dig stå för en annan.[62]

- Är det julgransplundring nu? muttrar Axel lagom halvhögt. I så fall går jag gärna in till mig, om det inte blir fiskdamm också, förstås? Blir det fiskdamm?

- Nej det blir ingen fiskdamm idag, men det blir fisk till lunchen, säger Agneta. Kokt torsk blir det - med äggsås!
- Med äggsås...muttrar Axel, som inte är någon anhängare av några fiskar ur torsksläktet. Kolja ska vi bara inte tala om! Den vägrar han helt enkelt att äta för att "den ser så dum ut".
- Kokt fisk är bra för magen, säger Agneta.

Här tappar hon faktiskt tillfälligt något av den stora sympati som Axel normalt känner för henne. Men, om jag känner Axel rätt, är det snart glömt!

58

Fjäriln vingad – igen!

Ja, jag vet att jag har sjungit *Fjäriln vingad* många gånger förut, men jag tycker faktiskt om den. Alla brukar sjunga med i hela första versen och tycker att de är duktiga, så varför inte?

Fjäriln vingad syns på Haga.. ja, ni kan fortsättningen...Medan jag sjunger hamnar jag plötsligt några år tillbaka i tiden. Jag befinner mig i ett helt annat rum tillsammans med ett helt annat sällskap. Det är en dagverksamhet i Strängnäs och jag sitter (som vanligt) och sjunger om denna Bellmanska fjäril som virvlar omkring på Haga. Och - det låter väldigt bra, för alla sjunger med!

- Tänk, säger jag, tänk om vi skulle ta och åka till Haga, ta med oss lite matsäck och sitta där i parken och sjunga den här sången. Vore inte det kul?
- Det gör vi! utropade en tjej i personalen. Vi ringer Lars-Olof!
Det här är så många år sedan att kommunen hade råd med en socioterapi. Vi hade faktiskt tillgång till både en minibuss och en Lars-Olof som körde bussen. Sagt och gjort! Vi bokade en dag och beredde oss på en trevlig heldagsutflykt till Stockholm.

Jag har aldrig sett maken till det regn som drabbade oss denna dag. Lars-Olof körde bussen som en självmordspilot genom vattenkaskaderna.
- Det ska visst sluta regna lite senare på dagen! sa en tjej i personalen förhoppningsfullt.
Det gjorde det inte. Framme i Haga var det helt omöjligt att ens

kliva ur bussen utan att bli dyngsur. Picknick i det gröna var det liksom inte tal om. Vi lämnade Haga och återvände till Strängnäs.

På hemvägen kräktes två av damerna i bussen.

59

Älskad - saknad

Utifrån ser allt som vanligt ut på Vitsippan när jag kikar in genom glasrutan i farstun. I köket skymtar jag Ruth där hon sitter i sin rullstol med slutna ögon. Väl inne på avdelningen känns det direkt att det är något som inte stämmer. Agneta kommer emot mig och möter mig med en kram.

- Linnéa dog i natt, hon bara somnade in. Det var skönt för henne. Så det är lite rörigt här just nu. Doktorn har redan varit här, men hon ligger kvar på sitt rum. De kommer snart och hämtar henne nu.

- Då ska jag inte störa, jag kommer tillbaka i nästa vecka.

- Nej, nej, säger Agneta. Vi har planerat för en sångstund som vanligt. Det är bättre för alla andra. Det blir en lugn stund.

En stund senare sitter jag på min plats vid bordet i köket. Svea, Ruth, Astrid, Elsa, Siri och Axel gör mig sällskap. Agneta har annat att göra, men Ellinor och Rosa sitter också med. Av Rosa får jag lite oväntat hjälp att komma igång, för jag blir liksom bara sittande med gitarren i knäet.

- Kan du inte sjunga Kristallen den fina? frågor hon vänligt.

Ja, det passar väl bra med en visa i moll. Jag letar fram sången i min pärm och sjunger:

Kristallen den fina som solen månd´ skina
som stjärnorna blänka i skyn.
Jag känner en flicka i dygden den fina
en flicka i denna här byn.
Min vän, min vän och älskogsblomma,
ack, om vi kunde tillsammans komma

och jag vore vännen din
och du allrakärestan min
du ädela ros och förgyllande skrin. [63]

Lite konstigt egentligen att denna chilenska kvinna valde just den här sången, tänkte jag. Jag hann inte längre i mina tankar.
- Om min man kunnat sjunga så skulle han ha fått sjungit Kristallen den fina för mig varenda dag, säger Rosa. Det är den vackraste sång jag vet.

Nu öppnas Vitsippans dörr på nytt och en täckt bår rullas in på avdelningen. Agneta är snabbt framme och visar vägen till Linnéas rum. En liten stund senare ser jag i ögonvrån hur den täckta båren rullas ut genom korridoren i riktning mot hissen. Ingen i gruppen verkar ta någon notis om den eller att jag byter sång lite plötsligt till att sjunga ett par verser på Linnéa.

Så gick det till när Linnéa lämnade oss. Jag vet att hon var mycket älskad av sin familj. Jag vet också att hon kommer att bli mycket saknad på Vitsippan. Dagens sista sång får bli en "Linnéasång". Hon tyckte mycket om att höra I min blommiga blå krinolin "för det är så vackra harmonier i den".
I min blommiga blå krinolin... [64]

Vår lilla grupp kommer aldrig att bli densamma igen utan Linnéa även om hon inte orkat vara med de sista veckorna.
Älskad - saknad.

60

Kvinnor

Idag är det dags för både vemod och funderingar kring livet. Linnéa kommer inte att vara med och jag kommer aldrig att få träffa henne mer. En gång var hon förstås en liten flicka och sedan en ung kvinna. Jag skulle ha velat träffa henne som ung! Hon måste ha varit helt underbar! Ibland när vi sitter runt bordet i Vitsippans kök ser jag inte gamla hopsjunkna, sjuka och trötta tanter med inkontinensbesvär. Nej, det är som om ansiktena ljusnar rynkorna slätas ut och jag upptäcker att det inte alls är gamla tanter som jag sitter mitt ibland. Jag har helt enkelt hamnat mitt ibland en hel hop förklädda unga flickor!

Jag ska inte gå in närmare på hur kvinnor är, det vet ni ju faktiskt bäst själva. Och oftast vet ju vi det med, men ibland kan man ju undra... Det var en gång när min fru och jag reste söderut i vår älskade SAAB. Vart vi var på väg minns jag inte längre, men jag minns en del av konversationen.
- Har du varit i Umeå någon gång? frågar hon plötsligt.
- Nej, det har jag inte.
Efter en stunds tystnad och säger hon:
- Jaså, har du?
- Va? Nej, jag sa ju att jag *inte* hade varit där. Hörde du inte det?
- Jo, det gjorde jag men jag tolkade det som att du hade varit där.
Vad gör man?

En annan sak som kommit till min kännedom är hur olika vi är när vi träffar någon intressant person av det motsatta könet på en fest till exempel.

Om en kille får se en jättesnygg tjej men vill sondera terrängen lite först innan en eventuell framstöt kan det gå till så här:
- Du den där tjejen där borta...vet du vem det är, är hon tillsammans med någon?
- Nej, hon är faktiskt singel vad jag vet.
OK...då är det dags för en framstöt!
Om däremot en tjej får syn på en jättesnygg kille och ställer motsvarande fråga till sin kompis händer tydligen (trist nog) i de flesta fall detta:
- Va? Är han ledig? Han som verkar så mysig. Vad är det för fel på honom då? Nej, om ingen annan är intresserad så får det faktiskt vara!

Och bara för att bevisa hur trassligt livet och förhållandet mellan könen egentligen är vänder vi oss till sången "Lilla vackra Anna". Den är skriven av prästen Alstermarck och tillägnades hans hjärtas utvalda.
Lilla vackra Anna om du vill
hörer dig mitt hela hjärta till.
Jag är öm och trogen
och i dygden mogen
tycker om att vara jäf och gill. [65]

Vad tror ni hon svarade på hans frieri? Nej, förstås! Hon undrade säkert vad det var för fel på honom.
Sångens sista vers tycker jag mest om:
Sist vi följas åt till himmelen
råka far och mor på nytt igen.
Vi blir åter unga,
börjar åter sjunga,
kärleken är livets bästa vän.

Är inte det vackert? Kärleken är livets bästa vän. Det här var en av Linnéas favoritsånger.

61

Agnetas ögon och små fåglar

Jag minns inte om jag nämnt det förut? Agnetas ögon är spårvagnsblå. Det är inte vilken blå färg som helst utan precis den nyans som Isaac Grünewald vann en tävling om vilken färg som Stockholms spårvagnar skulle få 1918. Ellinors ögon är bruna, men det hör egentligen inte hit.

Hur som helst: Idag spände Agneta sina spårvagnsblå ögon i mig:
- Nu tycker jag faktiskt att vi kan sjunga något på begäran! Vad vill ni att vi ska sjunga?
- Vi kan väl ta den där biten som vi satte potatis på förra året!
Axel plirar illmarigt med ögonen men ingen nappar på den kroken.
- Du kan väl ta Små fåglarna i skogen? Siri stöter mig lätt i sidan och ser förväntansfull ut.

Små fåglarna i skogen? Vad är det för sång?
- Nej, svarar jag, den sången kan jag inte.
- Kan du inte??? Det är klart att du kan, den kan ju alla!
- Inte jag, jag kan den inte alls.
Siri tittar misstänksamt på mig. Sedan hettar det till i henne.
- Sjung den i alla fall!
- Det kanske är någon annan här som kan den försöker jag.
Det var tydligen rätt anslag - alla kunde den, till och med Axel.

Små fåglarna i skogen de sjunga var dag
små fåglarna i skogen de sjunga var dag
att du och jag min vän skulle varandra få

ha ha ha nå nå nå så kan det gå
att du och jag min vän skulle varandra få
ha ha ha nå nå nå så kan det gå [66]

Bra, då är vi igång igen!
– *Min far, han har.....* här dröjer jag lite för att se om någon nappar. Jodå!
– *en halvliter brännvin kvar!* fyller Siri i.
Hon fortsätter:
Min mor, hon tror
att hon ska få nya skor!

 Att jag ska få en liten bror, sjöng alltid vi säger Svea.
– Vadå? Att fan uti flaskan bor är det väl? säger Axel förvånad.
Det finns många olika fortsättningar på de två första självskrivna raderna. Ibland är hela flaskan full med snor, men det tycker jag är lite för äckligt.
– Den här fick ni knappast lära er i skolan? säger Agneta.
– Jo, på rasten, säger Svea.

Personalen brukar kunna hjälpa till med visor ibland. Oftast gäller det då snapsvisor förstås, men ibland får jag också höra barnvisor. Det här är en modernare variant av Bä bä, vita lamm som tydligen sjungs av barn i förskoleåldern:

Bä bä svarta get
var det du som sket?
Nä, nä, kära barn,
det var Gunde Svan! [67]

Det är tur att jag har kunnig personal att tillgå, annars skulle jag aldrig få lära mig något nytt.

62

Alla dessa Qvistar!

Måste man ha ett efternamn som slutar på -qvist för att bli framgångsrik i nöjesbranschen? Låter frågan konstig? Ja, men tänk efter! Valdemar Dahl**qvist**, det var ju han som var revyartist och kuplettförfattare. Han som bland annat skrev Axel Öman som vi brukar sjunga då och då (ganska ofta).

Så har vi dragspelslegenderna Bröderna Lindqvist, och bland vokalisterna: Ulla Billquist, Sonja Stiernqvist, Lasse Dahlquist, Anna Sundqvist, Owe Thörnqvist och till och med Carola Häggkvist! Inte illa va? Då kan man ju undra vad alla -grenar sysslar med? Jo, de blev författare hela gänget: Torgny Lindgren, Barbro Lindgren, Astrid Lindgren och alla de andra. De skulle aldrig ens ha kommit på tanken att börja sjunga!
- Tänk, Ulla Billquist! säger Astrid. Det var pappas stora idol. När hon kom på radion då fick man allt hålla tyst, eller gå ut!

Ibland känns det som det vore dags för en ny sång på Vitsippan. Efter att ha talat lite med personalen på avdelningen frågade Ulla om jag inte kunde sjunga någon låt av Kent?
- Kan du "Utan dina andetag"? frågade hon.
- Tyvärr, sa jag men jag kan gå hem och lyssna på den på Spotify.

Den var riktigt fin, tyckte jag. Jag lyssnade på den några gånger. Sedan skrev jag ut texten och satte ut ackorden efter bästa förmåga. Med lite hjälp från Ulla och någon annan i personalen skulle det kanske gå att sjunga den i gruppen.

- Idag har jag med mig en ny sång!
- Det låter trevligt, sa Axel. Är det någon vi kan?
- Vi får se, sa jag, det är en sång av Kent.

- Vilken Kent? Jag kände en Kent en gång, men han är nog död nu!
Axel ser lite fundersam ut och börjar diskutera med sig själv om Kents efternamn. Var det Andersson? Nej, han är ju skådespelare. Kent Larsson? nej, jag kommer inte ihåg vad han hette! Han lånade förresten en hockeyklubba av mig när vi gick i trean. Jag har fortfarande inte fått tillbaka den! Eller hette han Kenneth?
- Det är en grupp! säger Ellinor. *Gruppen* heter Kent!
- Ja, den är ganska bra, säger Ellinor, men ny är den ju inte!
- Är den inte ny? säger Agneta.
- Nej, den är gammal. Den måste vara minst fem år skulle jag tro.

63

Thalamus och Amygdala

Thalamus och Amygdala - det låter nästan som ett antikt kärlekspar. De har också mycket riktigt ett särskilt och nära förhållande till varandra.

Centralt placerad i hjärnan ligger "kopplingsstationen" Thalamus som tar emot alla sinnesintryck - utom lukten som har en egen väg. Allt vi ser, hör eller känner når först Thalamus. Härifrån kopplas signalerna vidare till olika delar av hjärnan. Man kan likna Thalamus vid en kopplingsstation som fördelar syn, hörsel - och känselintryck till sina respektive centra i hjärnan.

Strax nedanför "kopplingsstationen" Thalamus är Amygdala belägen. Amygdala består egentligen av flera olika delar som vi lite förenklat kan kalla för "känslohjärnan".

Cortex (hjärnbarken) har en överordnad funktion. Här sammanställs våra sinnesintryck och Cortex gör bedömningar och förbereder åtgärder efter tidigare erfarenheter av liknande situationer.

En av de senaste landvinningarna inom hjärnforskningen är upptäckten att det finns en "snabbkoppling" mellan Thalamus och Amygdala. Amygdala förbereder också kroppen för handling genom att justera blodtryck, andning och hjärtverksamhet som behövs för att sätta kroppen i larmberedskap.

Det är inte bara musiken som använder sig av genvägen mellan sinnesintryck och känslohjärna. Inte minst viktigt är det att genvägen används vid farliga situationer, som att fly från en påtaglig fara. När stenåldersmänniskan oväntat mötte en sabeltandad tiger behövdes inte Cortex kopplas in. Blixtsnabbt skickades signalen (synintrycket) via Thalamus till Amygdala som i sin tur aktiverade alla flyktmekanismer: FLY!!!

För att åskådliggöra processerna i hjärna och kropp skapar vi nu ett litet skådespel, som tyvärr (pinsamt nog) även har utspelats i verkligheten.

Rollerna spelas av:
Thalamus: Kopplingsstationen
Amygdala: Del av känslohjärnan som också sköter larmfunktionen.
Cortex: Hjärnbarken, som bedömer och värderar situationen.
En skämtsam växthusarbetare
En ormrädd kund

Scenen är ett växthus i en plantskola tidigt på våren. Inne i växthuset ser vi en växthusarbetare. Han har just vattnat alla blomplantor som står i sina transportlådor i två sammanfogade rader mitt i växthuset. Slangen som han använt att vattna med har han prydligt rullat ihop på golvet alldeles intill ingången.

In i växthuset kommer nu en kvinna som är lite rädd för ormar. Hon ser sig omkring och upptäcker....En orm!!!!! Synintrycket behandlas blixtsnabbt av Thalamus. Härifrån går signalen snabbaste vägen till Amygdala för omedelbar åtgärd.

Amygdala:
- En orm! Fort härifrån!
Men signalen hinner även fram till Cortex för vidare bearbetning.

Cortex:
- Det är ingen orm! Hur troligt är det? Det är förstås en vatten-
slang som ligger hoprullad. Jag är ju i ett växthus! Nu får jag
faktiskt skärpa mig.

Kvinnan lugnar nu ner sig så pass mycket att hon stannar kvar
i växthuset. Hon ställer sig faktiskt mitt i slangrullen och säger:
- Vad otäckt! Att ni har en slang här som ser ut precis som en
orm!
- Vilken slang? säger den skämtsamme växthusarbetaren.

Och den här gången hinner Cortex inte med alls!
- Amygdala: Det *är* en orm!!!!! Fort härifrån!

Med hjälp av Amygdala aktiveras nu samtliga flyktmekanismer
hos kvinnan. Adrenalinet sprutar och musklerna aktiveras. Med
ett jätteskutt hoppar hon över två lådor med röda pelargonier.
Redan i luften har Cortex hunnit bearbeta situationen.
När kvinnan landat på andra sidan av blomlådorna säger hon
förläget:

- Vad fånig jag är! Jag visste ju att det var en slang!

64

Valsernas betydelse

Hur många melodier av idag går i 3/4-dels takt? Hur många av dem är valser? Valsens puls, rytm och takt verkar passa perfekt för många äldre människor. Det gäller förstås inte bara i själva dansen. När vi sjunger valsmelodier brukar vi få med oss alla i sången runt bordet på Vitsoppan. Alla hinner liksom med. Det är lugnt, det är mjukt och det är vänligt och inbjudande.

Vem kan segla förutan vind
Fröken, får jag lov, ska vi dansa ett slag? (Rosa på bal)
Får jag lov lilla pappa, du lovade mig en vals (Ellinor dansar)
Pappa, kom hem, för vi längtar efter dig! (Brevet från Lillan)
Ingen gav mig en sådan stund... (Jungfrun på Jungfrusund)
När det våras ibland bergen
Dansen går på alla bryggorna (Skärgårdsflirt)
Se, farfar dansar gammal vals
Kom i kostervals (Kostervalsen)
Dansen den går uppå Svinnsta skär
*Hälsa dem därhemma...*och många, många fler!

Ännu på 1950-talet skrevs det fina melodier i valstakt: *Tulpaner från Amsterdam* och *En gång jag seglar i hamn* till exempel. På 60-talet lärde sig både unga och gamla *I natt jag drömde* med Cornelis Vreeswijks text och från 70-talet minns vi Peter Lundblads *Ta mig till havet* och Evert Taubes *Änglamark*. Det känns nästan givet att om det i dag skulle skrivas en riktigt bra melodi i en mjuk valstakt skulle den ha stora möjligheter att nå en bred publik. Valserna ligger många människor mycket varmt om hjärtat.

65

Dags för refrängen!

Det kommer kanske lite plötsligt, men det har redan blivit dags för refrängen. Min tid på Solglimtens äldreboende är snart över – i alla fall för den här gången. Allt som har en början har också ett slut. Det har jag lärt mig av Lasse Lucidor.

Vår sista sångstund äger som vanligt rum kring bordet i Vitsippans kök. Alla är med, utom Linnéa förstås. Kaffekoppar och saftglas står framdukade på det lilla serveringsbordet intill diskbänken. Agneta och Ellinor ser trots sina vanliga arbetskläder nästan lite uppklädda ut - som till en fest! Jag inser ju också att Axel och alla damer runt bordet är gamla och stappliga, men jag kan ändå inte låta bli att se en ung pojke tillsammans med en bukett lätt förklädda unga flickor bakom maskerna. Inom oss är jag också övertygad om att vi bär med oss alla våra åldrar. Vi är på samma gång både gamla, medelålders, unga och barn. Allt finns samlat i en och samma kropp.

En ny dam, som heter Alice, ser sig lite avvaktande kring på oss andra. Agneta har förstås (professionellt och självklart) slagit sig ned på stolen bredvid Alice. Hon stryker Alice lätt och lugnande över handen och hennes anletsdrag mjuknar lite.
- Dags för en sommarsång kanske? säger hon. Kan vi inte ta Idas sommarvisa?
Du ska inte tro det blir sommar... [68]
Det faller sig så att vi både börjar och slutar med Idas sommarvisa. Den här visan känns lite som en stafettpinne som kommer att skickas vidare från generation till generation.

Epilog

Jag önskar att den här berättelsen från Solglimten hade kunnat sluta lyckligt. Det kan den förstås inte göra. Men tänk om jag på något förunderligt sätt kunnat få träffa Linnéa, Astrid, Axel och alla de andra när de ännu var unga. Vad skulle vi tyckt om varandra då? Bra, hoppas jag!
- Om jag varit nitton år skulle jag ha slagit klorna i dig direkt!
Så sa Linnéa till mig en gång under en av våra första sångstunder. Hon hade med stor säkerhet lyckats, kan jag föreställa mig.

Det har nu gått några år.
Jag besöker inte längre Solglimtens äldreboende. Jag sitter alltså inte längre vid det stora bordet i köket på avdelningen Vitsippan tillsammans med Agneta, Ellinor och alla mina sångarvänner. Det är sorgligt nog så att Astrid, Axel, Svea, Ruth, Siri, Elsa och Linnéa har, tillsammans med de allra flesta av sina generationskamrater, kilat vidare. Så skulle i alla fall Axel ha formulerat det utan att darra på manschetten. Agneta har jag tyvärr ingen kontakt med längre. Jag hoppas att hon trivs och att hon orkar jobba vidare med det arbete som hon gör så fantastiskt bra. Kanske får hon en hel del hjälp av Ellinor också?

Allt har sin tid, också glömskan. När jag började sjunga på demensavdelningar skedde det i studiecirkelform genom ABF i Stockholm. Bland det som ansågs allra viktigast av studieförbundet var att studiecirkeln skulle skapa något av bestående värde. Det lät ju väldigt bra...

Så satte jag mig då med min gitarr och min sångpärm i ett rum med en grupp gamla människor och ett terapibiträde (som det fullkomligt kryllade av på den tiden). Två vithåriga damer satt bredvid varandra i en soffa. De strålade mot mig och sjöng med i varenda sång så att det stod härliga till. Vi höll väl på ungefär en timme och stämningen var fantastisk, tyckte jag.

Efter sångstunden var jag mycket nöjd med mig själv och tänkte att det har måste väl ändå ha levt upp till studieförbundets målsättning! Bakom mig i korridoren gick de två vithåriga damerna i armkrok med terapibiträdet. Då hör jag en av damerna utbrista:

- Titta! Den där pojken har en gitarr med sig! Han ska nog spela här!

Sångerna

Sångerna vi sjungit under åren är hämtade ur den stora gemensamma sångskatt som en hel generation har haft tillgång till. Det är psalmer och skolsånger, folkvisor och skillingtryck, snapsvisor, slagdängor och schlagermelodier. Har det inte gått att få kontakt med Kostervalsen prövar vi med Blott en dag eller Halta Lottas krog i stället.

Alla visste att Flickan i Havanna inte hade några pengar kvar och att Axel Öman var en sjöman med mössan lätt på svaj. Att han dessutom hade blå kavaj och att hans älskling hette Maj var heller ingen okunnig om. Vartenda äldreboende och demensavdelning över hela landet härbärgerade människor som kunde sjunga med i flera hundra sånger - och deras kunskaper fick ofta personalen att häpna!
Hur har den här stora gemensamma sångskatten uppstått?
Kanske det beror på att:
1. *Alla sånger sjöngs på svenska*
2. *Alla barn gick i den då sammanhållna svenska folkskolan*
3. *Det eviga tragglandet med psalmverser och utantilläxor*
4. *Slagkraftiga refränger - gjorda för att fastna direkt i minnet*
5. *En musikproduktion som inte var lika omfattande som idag*
6. *Sångerna sjöngs under en längre tid*

Så - vilka sånger kommer vi själva att minnas när vi blir gamla? Hur många sånger kan vi sjunga utantill om vi blir ombedda att sjunga något? Kommer vi på någon alls? *Du gamla, du fria* borde väl sitta kvar i huvudet? Kanske *Helan går, Idas sommarvisa* och *Den blomstertid nu kommer* också? Jag tror och hoppas att vi alla har en hel del sånger lagrade i våra hjärnor som med lite hjälp på traven kan komma till glädje för oss på äldre dar.

1. Fjäriln vingad - *Carl Michael Bellman*
2. Jag minns den ljuva tiden (Pojkarne) - *Lenngren/Gluck*
3. Det är våren - *Sten Hage/Jules Sylvain*
4. Se, farfar dansar gammal vals - *Dix Dennie/Tom Andy*
5. Kostervalsen - *Göran Svenning/David Hellström*
6. Den första gång jag såg dig - *Birger Sjöberg*
7. En gång jag seglar i hamn - *Stig Olin*
8. Svinnsta skär - *Gideon Wahlberg*
9. Litet bo jag sätta vill - *Elias Sehlstedt*
10. Från Frisco till Cap - *Martin Nilsson/Ernst Rolf*
11. Jag gick mig ut en afton - *Trad.*
12. Lambeth Walk - *Noel Cay/Douglas Furber*
13. Lili Marlene - *Gunilla/Norbert Schultze*
14. Torparvisa - *Gunde Johansson*
15. Tess lördan - *Jeremias i Tröstlösa/Gunnar Richnau*
16. Tryggare kan ingen vara - *Lina Sandell*
17. Långt bort i skogen - *Trad.*
18. Hurra för Svealand - *Trad.*
19. Med en enkel tulipan - *Sven Paddock/Jules Sylvain*
20. Jag är en liten undulat - *Trad.*
21. Capri - *Sandberg/Kennedy/Grosz*
22. Ja må han/hon leva - *Trad.*
23. Kan du vissla Johanna - *Åke Söderblom/Sten Axelsson*
24. Jungfrun på Jungfrusund - *Nils-Georg/Nils Perne/Gösta Stevens*
25. Där björkarna susa - *Viktor Sund/Oskar Merikanto*
26. Vi ska gå hand i hand - *Bengt Sundström/Wolfgang Roloff*
27. Tre trallande jäntor - *Gustaf Fröding/Felix Körling*
28. Bättre och bättre dag för dag - *Wilson/Karl Ewert/Strong*
29. Majas visa - *Alice Tegnér*
30. Axel Öman - *Valdemar Dalquist/Fred Winter*
31. Vi gå över daggstänkta berg - *Thunman/Eriksson*
32. Hej tomtegubbar (Nigarepolskan) - *Trad.*
33. Uti vår hage - *Trad.*
34. Jag vet en dejlig rosa - *Trad.*
35. Flickan i Havanna - *Evert Taube*
36. När det våras ibland bergen - *S-O Sandberg/Robert Sauer*
37. Den gamla Forden - *Trad.*

38. Under Paris broar - *Trad.*

39. Min egen lilla sommarvisa - *Eric Engstam/Trad*

40. Kalle P. - *Edouard Laurent*

41. Fia Jansson - *Emil Norlander*

42. I sommarens soliga dagar - *Gustaf E Johansson/Trad*

43. En jägare gick sig att jaga - *Trad.*

44. Ju mer vi är tillsammans - *Gösta Stevens/Helge Lindberg*

45. Videvisan - *Zackarias Topelius/Alice Tegnér*

46. Helan går - *Trad.*

47. Du gamla du fria - *Rickard Dybeck/Trad*

48. Små grodorna - *Trad.*

49. Min älskling - *Evert Taube*

50. I en sal på lasarettet - *Trad.*

51. Brännö brygga - *Lasse Dahlquist*

52. Tangokvaljeren - *Åke Söderblom/Jules Sylvain*

53. Rosa på bal - *Evert Taube*

54. Qvinnor och champagne - *Alma Rek*

55. Varm korv boogie - *Owe Thörnquist*

56. Pärleporten - *Bloom/Dulin*

57. Får jag låna nyckeln, Ann-Marie? *Gösta Stevens/Jules Sylvain*

58. Blott en dag - *Lina Sandell*

59. Det satt en kärring på Kornhamnstorg - *Trad.*

60. Får jag lämna några blommor - *Ferlin/Söderlundh*

61. Linnéa - *Evert Taube*

62. Viljen i veta - *Trad.*

63. Kristallen den fina - *Trad.*

64. I min blommiga blå krinolin - *Halldén/Worsing*

65. Lilla vackra Anna - *Bengt Henrik Alstermark*

66. Små fåglarna i skogen - *Trad.*

67. Bä bä svarta get - *Trad.*

68. Idas sommarvisa - *Astrid Lindren/Georg Riedel*

Musikens makt

Musik är ett mycket kraftfullt verktyg för att påverka våra hjärnor. Musiken har en unik förmåga att ta sig förbi vårt intellektuella pansar och spela direkt på våra känslor. Eftersom musiken påverkar oss känslomässigt kan den också användas för att manipulera oss på olika sätt. Ibland sker det med goda avsikter, men inte alltid.

I vår vardag möter vi stämningsskapande musik snart sagt överallt - i varuhuset, på bio, i hissen, i telefonkön, på krogen, i reklamslogans o.s.v. Musiken kan bland annat få oss att bli glada och känna samhörighet med andra. Den kan väcka minnen som vi trodde vi glömt och den kan få oss att vilja dansa. Musik kan också få oss att bli lugna före - eller t.o.m. under en operation. Musik kan också användas till att få oss att:
...vänta längre i telefonkön
...snyfta på rätt ställe i filmen
...dricka ur ölen snabbare på krogen (om det är mycket folk)
...dricka ur ölen långsammare på krogen (om det är lite folk)
...stanna längre i köpcentret och köpa mer
...minnas ett reklambudskap *Glöggen heter ....*
...marschera i takt när det är dags för det (igen)

Under antiken började man formulera idén om att det finns en växelverkan mellan kropp och själ. Vi vet att en stor del av läkarnas syssla var att upplysa om en riktig livsföring för att bevara hälsan. Det handlade inte bara om att äta sunt, det fanns också en självklar föreställning om att stärka själens försvar för att hindra kroppsliga sjukdomar. Kulturaktiviteter var här en given ingrediens och musiken hade en grundläggande funktion inom detta system. Musikens påverkan ingick också i grund-utbildningen för läkare under medeltiden. Det var tider det!

Favoritmusik

Alla gamla människor gillar inte dragspel. Varje generation har sina egna musikaliska favoriter - och vi är alla barn av vår tid. Under tidiga barnaår är vi helt och hållet utlämnade till den omgivning vi råkar ha hamnat i. Vår musik kan komma att bli schlager, Taube, snapsvisor eller psalmer. Det sker helt slumpartat och beror på föräldrars och släktingars musiksmak.

För den äldre generationen blev det tyvärr inte heller bättre i skolan! Nu var det riksdag, regering och lärare som bestämde vad de skulle sjunga. Det dröjde många år innan var och en fick tillfälle att välja just den musik de själva var intresserade av. Sång och musik väcker både sinnen och minnen. Musik aktiverar våra minnesbanor på ett varsamt sätt, utan att vara påträngande. Ofta väcker sångerna minnen från andra perioder i vårt liv. För många är det glada minnen från en aktiv tid i gemenskap med andra.

Jag skulle önska att alla människor hade ett dokument med en egen, kortfattad "musikjournal" som dokumenterar vår mycket personliga favoritmusik. Dokumentet skulle kunna användas av alla; unga och gamla alla - friska och sjuka. Nästan alla ungdomar och medelålders har redan idag personliga spellistor på Spotify. Men med den äldre generationen krävs det lite mer arbete.

Varför är det här viktigt? Jo, det kan komma en dag när vi själva inte längre kan ge uttryck för våra musikaliska önskemål. Då kan anhöriga och/eller personal ha stor nytta av dokumentet. Detta i sin tur för det goda med sig att den som avskyr dansbandsmusik, men älskar jazz, kan få lyssna till Ella Fitzgerald i stället för Vikingarna eller Schytts (och vice versa).

Sångskatten

För den händelse att någon skulle tycka det vore roligt att ta reda på vilka sånger som fortfarande finns kvar i vårt kollektiva minne har jag gjort en lista med sånger som sjungits i Sverige under många år.

Sångerna är ordnade i bokstavsordning efter första versens eller refrängens inledande ord. Särskilt äldre visor har ofta fått sin sångtitel efter inledningsorden. I en del fall har jag skrivit till den faktiska sångtiteln inom parentes.

400 sånger kan låta mycket, men det är ändå förstås bara en liten del av alla de sånger som ingår i vår gemensamma sångskatt. Jag är helt övertygad att alla som ägnar lite tid åt sånglistan kommer att upptäcka åtskilliga sånger som saknas - och som självklart borde ha varit med.

Ofta går det bra att sjunga tillsammans utan texthäften. Om vi siktar in oss på korta sånger och kända refränger klarar vi av förvånansvärt mycket tillsammans. Vi kan mycket mer än vi själva tror! Någonstans i bakhuvudet har vi både texter och melodier lagrade. Många sånger har vi också personliga och speciella minnen kring som kan väckas till liv när vi får höra en sång som vi inte har fått höra på länge.

Bäst kommer vi ihåg sångerna från barndomen och ungdomen. Det märker vi när vi får hjälp av någon som sjunger gamla kända sånger. Vi kan ju egentligen det mesta själva! Med lite stöd här och där i texten kan vi sjunga med i många, många sånger.
- Vad vi kan!!! är ett vanligt utrop efter en stunds sjungande.

1. Ack, nu är det vinter
2. Ack, Värmeland du sköna
3. Ada har legat med papiljotter i natt (Oh boy, oh boy)
4. Alla fåglar kommit re´n
5. Alla malla tjafs uti fiskarmalajka
6. Allt bakom oxar tio (Oxdragarsång)
7. Allting kan gå itu (Tusen bitar)
8. Allting kan man sälja (Konserverad gröt)
9. Allting på jordens rund måste förgå (Fru Musika)
10. Anders han var en hurtiger dräng
11. Anders Petters stuga
12. Anna, du kan väl stanna
13. Ann-Caroline öppna din dörr
14. Aspelöv och lindelöv
15. Att gå ut och svira, spela bridge och vira (De´ gör gumman me´)
16. Att vara med om slik kampanj (Quinnor och champagne)
17. Av allt det goda som man förtär (Kaffetåren)
18. Bagar Bengtsson han är död
19. Bereden väg för Herran
20. Bjällerklang, bjällerklang
21. Björnen sover
22. Blinka lilla stjärna där
23. Blott en dag
24. Blåsippan ute i backarna stå
25. Borgmästar Munte
26. Bort längtande vekhet (Helgdagskväll i timmerkojan)
27. Bred dina vida vingar
28. Bro, bro breja
29. Broder Jakob
30. Bröder och systrar i Sodom och Gomorra (Sodom och Gomorra)
31. Bröder viljen I gå med oss (Halta Lottas krog)
32. Byssan lull
33. Bä bä svarta get
34. Bä bä vita lamm
35. Bättre och bättre dag för dag
36. Börja om från början
37. Dagny, kom hit och spill
38. Dansa, min docka medan du är unger
39. Dansen den går uppå Svinnsta skär
40. De komma från öst och väst
41. De ä grabben me´ chokla´ i

42. Den blomstertid nu kommer
43. Den ena den är vit (Får jag lämna några blommor)
44. Den ene kom på hösten (Mjölnarens Iréne)
45. Den flickan ska bära mitt efternamn
46. Den första gång jag såg dig
47. Den signade dag
48. Den som glad är
49. Den vackraste visan om kärleken
50. Denna ringen den ska vandra
51. Det börjar likna kärlek, banne mej
52. Det går en vind över vindens ängar (Visa vid vindens ängar)
53. Det hände häromdan att jag for in till stan (Motorcykeln)
54. Det kom en dag en lycklig man... (Två små röda rosor)
55. Det ordnar sig alltid
56. Det sker blott en gång
57. Det stod en varmkorvgubbe (Varm korv boogie)
58. Det strålar en stjärna (När det lider mot jul)
59. Det står en vacker flicka i en bokhandel i Flen (Violen från Flen)
60. Det var dans bort i vägen
61. Det var en gång en flicka som hette Josefin (Josefin)
62. Det var en gång en sjöman (Skepp som mötas - Axel Öman)
63. Det var grabbarna från Eken (Balladen om det stora slagsmålet...)
64. Det var på Capri vi mötte varandra (Capri)
65. Det var på EPA vi mötte varandra
66. Det är dans på Brännö brygga
67. Det är den stora, stora, stora, stora kärleken
68. Det är en ros utsprungen
69. Det är flickorna i Småland
70. Det är kvinnan bakom allt
71. Det är måndag morgon (The gräsänkling blues)
72. Det är våren, det är våren
73. Diggilo, diggilej
74. Din klara sol
75. Din vår är min vår
76. Dotter Sion
77. Dra, dra min gamla oxe (Oxdragarsång)
78. Droppen Dripp och droppen Drapp
79. Drömmar av silver
80. Du gamla, du fria
81. Du mörka gran
82. Du ska få min gamla kortlek när jag dör
83. Du ska inte tro det blir sommar (Idas sommarvisa)

84. Du tycker du är vacker
85. Du är den ende
86. Där björkarna susa
87. Där gingo tre jäntor i solen (Tre trallande jäntor)
88. Där som sädesfälten böja sig för vinden (Barndomshemmet)
89. En gång jag seglar i hamn
90. En liten tomtegubbe satt en gång
91. En Moraklocka därhemma jag har (Moraklockan)
92. En sjöman älskar havets våg
93. En sockerbagare här bor i staden (Sockerbagaren)
94. En stjärnenatt som denna (Ann-Caroline)
95. Engelska flottan har siktats vid Vinga (Oh boy, oh boy)
96. Ett barn är fött på denna dag
97. Ett litet rött paket
98. Ett löjtnantshjärta råkar ju så lätt i brand (Löjtnantshjärtan)
99. Famnen full utav solsken
100. Far jag kan inte få upp min kokosnöt
101. Fem smutsiga små fingrar
102. Finns det vind när på havet man kryssar
103. Fjäriln vingad
104. Flamma stolt mot dunkla skyar (Sveriges flagga)
105. Flicka från Backafall
106. Flickan i Havanna
107. Flickorna de små uti dansen de gå
108. Från Öckerö loge (Balladen om herr Fredrik Åkare…)
109. Främling, vad döljer du för mig
110. Får jag bli din tangokavaljer (Tangokavaljeren)
111. Får jag låna nyckeln, Ann-Marie
112. Får jag lämna några blommor
113. För dansen går på alla bryggorna (Svinnsta skär)
114. För ja e torpare ja (Torparvisan)
115. För när storfiskarn talar om (Storfiskarvalsen)
116. Gamla farmor skrynklig är och grå
117. Gamle Svarten
118. Gitarren har jag haft… (Min gitarr)
119. Gomorron, gomorron hör fåglar sjunga glatt (Frukostklubben)
120. Gubben Noak
121. Gulligullan, koko som en gök
122. Gyllne morgon, gyllne morgon
123. Gå upp och pröva dina vingar
124. Gå, Sion din konung att möta (Var glad)
125. Haderian, hadera (Flottarkärlek)

126. Hallå, du gamle indian

127. Han hade seglat för om masten

128. Han har öppnat pärleporten (Pärleporten)

129. Handklaver och klarinett ska de va´ (Tjo och tjim och inget annat)

130. Har du kvar din barnatro… (Barnatro)

131. Har du sett herr Kantarell

132. Har ni hört den förskräckliga händelsen (Lincolnvisan)

133. Hej tomtegubbar

134. Hej å hå Jungman Jansson (Jungman Jansson)

135. Hejsan hoppsan fallerallera (Mössens julafton)

136. Hejsan morsan, hejsan stabben (Brev från kolonien)

137. Helan går

138. Hemåt på stolta vingar (Flygarvalsen)

139. Himlen är oskyldigt blå

140. Hoppe hoppe hare

141. Hosianna, Davids son

142. Hurra för Götaland

143. Håll takten spelemän

144. Hälsa dem därhemma

145. Här kommer lilla Ludde

146. Här kommer Pippi Långstrump

147. Här ska dansas (Lambeth Walk)

148. Här är gudagott att vara

149. Här är polisen

150. Härlig är jorden

151. Höga berg och djupa dalar

152. Högt i skyn skola svalorna flyga (Det kommer en vår)

153. Högt över havet

154. Hör hur västanvinden susar

155. I denna ljuva sommartid

156. I en röd liten stuga

157. I en sal på lasarettet

158. I ett hus vid skogens slut

159. I gamla stan vid Kornhamnstorg (Beatrice Aurore)

160. I min blommiga blå krinolin

161. I natt jag drömde något som

162. I Roslagens famn (Calle Schewens vals)

163. I sommarens soliga dagar

164. Ifrån landet uti väster tanken glider (Barndomshemmet)

165. Imse vimse spindel

166. Ingen gav mej en sådan stund (Jungfrun på Jungfrusund)

167. Inte gör det mej nått

168. Isabella
169. Ja, må han leva
170. Ja, nu är det slut på gamla tider (Trettifyran)
171. Jag en ensam sjöman är (Sjömansjul på Hawaii)
172. Jag gick mig ut en afton
173. Jag hade en gång en båt
174. Jag har bott vid en landsväg
175. Jag har skrivit till min flicka (Linnéa)
176. Jag kommer i kväll under balkongen
177. Jag minns den ljuva tiden
178. Jag ringer på fredag
179. Jag satte glasögon på min näsa
180. Jag sjunger till positivets toner (Värnamovisan)
181. Jag ska måla hela världen lilla mamma
182. Jag trivs bäst i öppna landskap (Öppna landskap)
183. Jag tror, jag tror på sommaren
184. Jag var ung en gång för länge sen (Flottarkärlek)
185. Jag vet en dejlig rosa
186. Jag vet ett litet hotell
187. Jag vill ha en egen måne
188. Jag väntar vid min mila
189. Jag är den glade vandraren
190. Jag är en liten gåsapåg från Skåne
191. Jag är en liten undulat
192. Jag är en tuff brud i lyxförpackning
193. Jag är fattig bonddräng
194. Jag är ingen näktergal
195. Jag är lapp och jag har lite renat
196. Jag är lapp och jag har mina renar
197. Jag är ute när gumman min är inne
198. Jo, där kommer det en gosse (Jazzgossen)
199. Josef han hette och bodde hos sin mamma (Emma och Kunnigunda)
200. Ju mer vi är tillsammans
201. Jul, jul, strålande jul
202. Jungfru, jungfru, jungfru, jungfru skär (Karusellen)
203. Kaffe utan grädde
204. Kaffetåren den bästa är
205. Kalla den Änglamarken eller Himlajorden (Änglamark)
206. Kan du vissla, Johanna
207. Klang min vackra bjällra
208. Klappa takten alla bagarbarn (Bullfest)
209. Klar liksom en stjärna (Lili Marlene)

210. Klart till drabbning
211. Kom hör min vackra visa
212. Kom i Kostervals
213. Kom lilla flicka valsa med mig
214. Kors vad det vimlar av segel idag (Brännö brygga)
215. Känner du Fia Jansson
216. Känner du Lotta min vän
217. Kära du låt dig inte distraheras av oss (Flickor bak i bilen)
218. Kära mor
219. Kärleken kommer och kärleken går (I folkviseton)
220. Leende guldbruna ögon
221. Lilla mor, violerna växa redan här (Violer till mor)
222. Lilla söta fröken Fräken
223. Lilla vackra Anna
224. Lillan ska sova
225. Liten blir stor (En gång jag seglar i hamn)
226. Litet bo jag sätta vill
227. Ljuvlig är sommarnatten (Svinnsta skär)
228. Ljuvliga ungdom
229. Lunka på, lunka på
230. Lyckliga gatan
231. Långt bort i skogen där träden växa höga
232. Låt mig få tända ett ljus
233. Låt oss liksom svalorna
234. Löftena kunna ej svika
235. Löven de grönska (Spel-Olles gånglåt)
236. Maj på Malö
237. Man borde inte sova
238. Man ska leva för varandra
239. Mandom, mod och morske män
240. Med en enkel tulipan
241. Midnatt råder, tyst det är i husen (Tomtarnas julnatt)
242. Min far, han har
243. Min hatt den har tre kanter
244. Min älskling du är som en ros
245. Mitt hjärtas telefon
246. Morgon mellan fjällen
247. Morgonsolen redan strålar
248. Morsgrisar är vi allihopa
249. Måndag gör jag ingenting
250. Många långa dar, en vecka så trist (Sju ensamma kvällar)
251. Natten går tunga fjät (Luciavisa)

252. Nidälven stilla och vacker du är
253. Nu grönskar det
254. Nu ha vi ljus här i vårt hus
255. Nu ska vi opp, opp, opp
256. Nu ska vi skörda linet i dag
257. Nu ska vi vara snälla
258. Nu så kommer julen
259. Nu så är det jul igen
260. Nu tändas tusen juleljus
261. Nu tändas åter ljusen i min lilla stad
262. Nu är det hjul igen
263. Nu är det jul igen
264. När det våras ibland bergen
265. När det våras skickar jag till dig (Tulpaner från Amsterdam)
266. När det är sol och vår (Sol och vår)
267. När en stjärna från himlen faller
268. När juldagsmorgon glimmar
269. När Lillan kom till jorden (Majas visa)
270. När ljusen skall tändas därhemma
271. När månen vandrar på fästet blå
272. När nätterna blir långa (Mössens julafton)
273. När trollmor har lagt de elva små trollen
274. O, Gamla stan…
275. O, helga natt
276. O, hur saligt att få vandra
277. Och bonden han körde till furuskog (Bonden och kråkan)
278. Och gubben han sade till gumman sin (Igelkottaskinnet)
279. Och gubben satt i lampans sken (Penninggaloppen)
280. Och jag är ganska mager om bena (En valsmelodi)
281. Och den som inte vill dansa då (Trolleboschottis)
282. Och jungfrun hon går i dansen
283. Och liten Karin tjänte
284. Om du var vaken skulle jag ge dig (Jag ger dig min morgon)
285. Omkring tiggarn från Luossa
286. Ont, det gör ont
287. Opp och hoppa stå ej och dra dej
288. Opp och hoppa Tor (Schottis på Valhall)
289. Pappa, kom hem (Brevet från Lillan)
290. Per Spelman han hade en endaste ko
291. Plocka vill jag skogsviol
292. Prästens lilla kråka
293. På lingonröda tuvor (Flickorna i Småland)

294. Que sera sera
295. Raska fötter springa tripp, tripp, tripp...
296. Ring, ring, bara du slog en signal
297. Ritsch ratsch filibombombom
298. Räkna de lyckliga stunderna blott
299. Räven raskar över isen
300. Röda stugor tåga vi förbi
301. Rönnerdahl han skuttar
302. Samborombon en liten by förutan gata (Fritiof och Carmencita)
303. Samling vid pumpen
304. Sancta Lucia, ljusklara hägring
305. Se, farfar dansar gammal vals
306. Se, nu tittar lilla solen fram igen
307. Se, svarta Rudolf han dansar
308. Sju vackra flickor i en ring
309. Sjung och le
310. Ska vi dansa schottis ska vi dansa vals
311. Skynda dig älskade (Höstvisa)
312. Skära havre
313. Små fåglarna i skogen
314. Små grodorna
315. Solen lyser även på liten stuga
316. Som stjärnor små
317. Somliga går med trasiga skor
318. Sommaren är kort
319. Sorgeliga saker hända (Elvira Madigan)
320. Sov, du lilla videung
321. Stadsbudet får ej ska ni tro (Stadsbudsvisan)
322. Staffan var en stalledräng
323. Stilla natt heliga natt
324. Stockholm i mitt hjärta
325. Stockholm blir Stockholm
326. Sugar in the morning
327. Swing it magistern, swing it
328. Så gå vi runt om ett enerissnår
329. Så länge skutan kan gå
330. Så skimrande var aldrig havet
331. Så tar jag dig till brud i vår... (Lyckan)
332. Så vänder vi på bladet (Titta, titta)
333. Sån´t är livet
334. Säg det i toner
335. Säg inte nej, säg kanske....

336. Ta mej till havet
337. Tala närmre, håll telefon intill din mun
338. Teddybjörnen Fredriksson, ja så hette han
339. Till nordliga landen (Vildandens klagan)
340. Titta in i min lilla kajuta
341. Tjo litta litta tjo litta lej kom ska jag kasta koskit på dej!
342. Tjo vad det var livat
343. Tjuv och tjuv det ska du heta
344. Trallallallalej, då tänker jag på dej (Tess lördan)
345. Tre små gummor
346. Tryggare kan ingen vara
347. Två mörka ögon
348. Två solröda segel
349. Tycker du om mej
350. Tänk att jag dansar med Andersson… (Rosa på bal)
351. Tänk ändå vad vi fått det bra (Elektricitetsvisan)
352. Törnrosa
353. Udden står och sover
354. Ulla, min Ulla
355. Uppå havet vågorna gå (Axel Öman)
356. Uppå källarbacken
357. Uppå våran gård där står en gammal Ford
358. Ur svenska hjärtans djup en gång (Kungssången)
359. Ute blåser sommarvind
360. Uti vår hage
361. Vad jag drömt om dig (Drömmen om Elin)
362. Vad tar ni för valpen där i fönstret
363. Var glad
364. Var gång skymningen sakta sig sänker (När ljusen tändas därhemma)
365. Var har du varit nu, Billy Boy, Billy Boy
366. Var hälsad sköna morgonstund
367. Var i stan här finns det än (Vårat gäng)
368. Var skog har nog sin källa (Hjärtats saga)
369. Varför skola mänskor strida
370. Vart ska du gå min lilla flicka
371. Vart tog den stygga lilla loppan vägen (Loppan)
372. Vem kan segla förutan vind
373. Vem vet
374. Vi gå över daggstänkta berg
375. Vi har varit på turné
376. Vi komma ifrån Ria-ra
377. Vi komma, vi komma från pepparkakeland (Tre pepparkaksgubbar)

378. Vi lossa sand
379. Vi ska gå hand i hand
380. Vi ska ställa till en roliger dans
381. Vi skålar för våra vänner
382. Vi såg på varann och vi närmade oss land (Dover-Calais)
383. Vi äro musikanter
384. Vid den klara rand av en blommig strand (Björkens visa)
385. Vid din sida jag önskar att jag finge gå (Vid din sida)
386. Vid en väg på en sten (Lyckans land)
387. Vila vid denna källa
388. Viljen I veta
389. Vill ni se en stjärna
390. Vintern rasat ut
391. Vårvindar friska
392. Vägarna de skrida
393. Världen är så stor, så stor (Lasse liten)
394. Waterloo. Jag är besegrad
395. Å, de e skönt när mitt Stockholm är grönt (Sakta vi gå genom stan)
396. Å jänta å ja
397. Åh, Kristina (Kristina från Vilhelmina)
398. Åh, regniga natt
399. Än idag gamla spinnrocken spinner (Spinnrocken)
400. Är du kär i mig ännu, Klas Göran

+ några hundra till…